新编学生国学丛书

韩愈文

庄适 臧励和 选注

李作君 校订

中国文史出版社

图书在版编目（CIP）数据

韩愈文/庄适，臧励和选注；李作君校订.——北京：中国文史出版社，2019.10

（新编学生国学丛书/缪天绶等主编）

ISBN 978-7-5205-1503-0

Ⅰ.①韩…　Ⅱ.①庄…　②臧…　③李…　Ⅲ.①古典散文-散文集-中国-唐代　Ⅳ.①I264.23

中国版本图书馆CIP数据核字(2019)第240997号

责任编辑：金　硕

出版发行：**中国文史出版社**

社　　址：北京市海淀区西八里庄路69号院　　邮　　编：100142

电　　话：010-81136606　81136602　81136603　81136605（发行部）

传　　真：010-81136655

印　　厂：北京温林源印刷有限公司

经　　销：全国新华书店

开　　本：880mm×1230mm　　1/32

印　　张：7

字　　数：140千字

版　　次：2020年2月北京第1版

印　　次：2020年2月第1次印刷

定　　价：29.80元

总　　序

冯天瑜

作为汉字古典词，“国学”本谓周朝设于王城及诸侯国都的贵族学校，以与地方性、基层性的“乡校”“私学”相对应。隋唐以降实行科举制，朝廷设“国子监”，又称“国子学”，简称“国学”，有朝廷主持的国家学术之意。

时至近代，随着西学东渐的展开，与来自西洋的“西学”相比配，在汉字文化圈又有特指本国固有学术文化的“国学”一名出现。如江户幕府时期（1601—1867）的日本人，自18世纪起，把流行的学问归为三类：汉学（从中国传入）、兰学（从欧美传入，19世纪扩称洋学）、国学（从《古事记》《日本书纪》发展而来的日本固有学术）。19世纪末、20世纪初，中国留日学生与入日政治流亡者，以及活动于上海等地的学人，采借日本已经沿用百余年的“国学”一名，用指中国固有的学术文化。1902年梁启超（1873—1929）撰文，以“国学”与“外学”对应，强调二者的互动共济，梁氏曰：“今日欲使外学之真精神普及于祖国，则当转输之任者，必邃于国学，然后能收其效。”（《论中国学术思想变迁之大势》）1905年国粹派在上海创办《国粹学报》，公示“发明国学，保存国粹”宗旨。这里的“国学”意为“国粹之学”。该刊发表章太炎（1869—1936）、刘师培（1884—1920）、陈去病（1874—1933）等人的经学、史学、诸子学、文字训诂方面文章，以资激励汉人的民族精神与文化自信。从此，中国人开始在“中国固有学术文化”意义上使用“国学”一词，为“国故之学”的简称。所谓“国故”，指中国传统的学术文化之故实，此前清人多有用例，如魏源（1794—1857）认为，学者不应迷恋词章，学问要从“讨朝章、讨国故始”（《圣武记》卷一一），这“讨国故”的学问，也就是后来所谓之国学。

经清末民初诸学者（章太炎、梁启超、罗振玉、王国维、刘师培、黄侃、陈寅恪等）阐发和研究，国学所涉领域大定为：小学、经学、史学、诸子、文学，约与现代人文学的文、史、哲相当而又加以综汇，突现了中国固有学术整体性特征，可与现代学校的分科教学相得益彰、彼此促进，故自 20 世纪初叶以来，“国学”在中国于起伏跌宕间运行百年，多以偏师出现，而时下又恰逢勃兴之际。

中国学术素有“文、史、哲不分家”的传统，中国学术的优势与缺陷皆与此传统相关。百年来的中国学校教育仿效近代西方学术体制，高度分科化，利弊互见。其利是促进分科之学的发展，其弊是强为分割知识。为克服破碎大道之弊，有人主张打通文、史、哲壁垒，于是便有综汇中国人文学的“国学”之创设，并编纂教材，进于学校教育、家庭教育、社会教育，其先导性教材结集，为20世纪20年代至30年代原商务印书馆由王云五策划并担任主编的《万有文库》之子系《学生国学文库》。所收均为四部重要著作。略举大凡：经部如诗、礼、春秋，史部如史、汉、五代，子部如庄、孟、荀、韩，并皆刊入；文辞则上溯汉、魏，下迄近代，诗歌则陶、谢、李、杜，均有单本，词则多采五代、两宋。丛书凡 60 册，已然囊括了“国学”之精粹。其鲜明之特色是选注者掺入了对原著的体味，经史诸书选辑各篇，以表见其书、其作家之思想精神、文学技术、历史脉络者为准。其无关宏旨者，概从删削、剔抉。选注者中不乏叶圣陶、茅盾、邹韬奋、傅东华这样的学界翘楚。他们对传统国学了然于胸，于选注自然是举重若轻，驾轻就熟。这样一份业经选注者消化、反刍的国学精神食粮自然更便于国学入门者吸收。

这样一套曾在20世纪初在传播传统文化、普及国学知识方面起到重要的作用的丛书即便今天来看也是历久弥新。中国文史出版社因应时势，邀约深谙国学之行家里手于原辑适当删减、合并、校勘，以30册300余万言，易名《新编学生国学丛书》呈献当今学子。诸书均分段落，作标点，繁难字加注音，以便省览。诸书原均有注释，古籍异释纷如，原已采其较长者，现做适当取舍、增删。诸书较为繁难、多音多义之字，均注现代汉语拼音，以便讽颂。诸书卷首，均有选注者序，述作者生平、本书概要、参考书举要等，凡所以示读者研究门径者，不厌其详，现一仍其旧。

这样一套入门的国学读物，读者苟能熟读而较之，冥默而求之，国学之精要自然神会。

是为序。

校订说明

丛书原名《学生国学文库》，为20世纪二三十年代商务印书馆王云五主编《万有文库》之子系，现易名《新编学生国学丛书》，奉献给广大国学爱好者。

原丛书共60种，考虑到难易程度、四部平衡、篇幅等因素，在广泛征求专家意见基础上，现删减为34种30册。

基本保留了原书的篇章结构。因应时势有极少量的删节。

原文部分，均选用通用、权威版本全文校核，参以校订者己见做了必要的校核和改订。为阅读的通顺、便利，未一一标注版本出处。

注释根据原文的结构分别采用段后注、文后注，以便读者省览。原注作了适当增删，基本上保持原文字风格，之乎者也等虚词适当剔除，增删力求通畅、易懂，避免枝蔓。典实、注引做了力所能及的查证，但因才学的有限疏漏可能在所难免。

原书为繁体竖排，现转简体横排。简化按通行规则，但考虑到作为国学读物，普及小学知识亦在情理之中，故而保留了少量通假字、繁体字、异体字，一般都出注说明。或许亦可增加读者的阅读兴趣和扩大知识面。

生僻、多音字作相应注音，原反切、同音、魏妥玛注音，均统一改现代汉语拼音。

国学读物校订，工作浩繁，往往顾此失彼，多有不当处，还望读者指正。

绪　言

一　韩愈略传

韩愈，字退之，先世自后魏时居昌黎，遂为昌黎人。父仲卿，生三子，长会，次介，次即愈也。生三岁而孤，嫂郑鞠之比长，尽通六经百家学，擢进士第。董晋为宣武节度使，署观察推官。晋卒，徐州节度使张建封辟为府推官。调四门博士。迁监察御史。上疏极论宫市，德宗怒，贬阳山令。改江陵法曹参军。元和初，复为博士，分司东都。累迁职方员外郎。坐事，复为博士。才高数黜，官又下迁，作《进学解》以自解；执政奇其才，改比部郎中。累迁中书舍人。宪宗将平淮西，命裴度往宣慰，度奏愈为行军司马；愈请乘遽先入汴说韩弘，使协力。淮西平，迁刑部侍郎。宪宗迎佛骨入禁中，愈上表力谏，贬潮州刺史。寻改袁州。召拜国子祭酒转兵部侍郎。镇州乱，杀田弘正而立王廷凑，诏愈宣抚。归，转吏部侍郎。长庆四年，卒，年五十七。赠礼部尚书，谥曰文。

愈性明锐，不诡随。与人交，终始不少变。成就后进士，往往知名。当时文章承六朝之后，尚骈俪，病纤弱，愈以《六经》之文为倡，粹然一出于正，成一家言。愈没，门人陇西李汉辑其文为四十一卷，题为《昌黎先生集》，传于世。

二 韩愈文评

人之称韩愈者不一。李汉曰：“先生于文，摧陷廓清之功，比于武事，可为雄伟不常者矣！”宋景文曰：“韩吏部卓然不丐于古，而一出诸己。”苏明允曰：“韩子之文，如长江大河，浑浩流转，鱼鼋蛟龙，万怪遑惑，而抑绝蔽掩，不使自露。”秦少游曰：“钩庄列之微，挟苏张之辨，摭迁固之实，猎屈宋之英，本之以《诗》《书》，折之以孔氏，此成体之文，如韩愈之所作是也。”苏子瞻曰：“文起八代之衰。”大都对于愈文备致推崇。要之愈创作古文之功，自不可掩，然其文承骈俪之后，字句仍多难于索解者，盖犹未能纯反乎古也。朱晦庵曰：“汉末以后，只做属对文字，直至后来只管弱，至韩文公出来，尽扫去了，方做成古文，然亦只做得未属对合偶以前体格其文亦变不尽。”斯言甚允。又愈处境困厄，其文常为金钱所驱使，故多与事实不符者：如韩弘神道碑，所言与史正相反；殿中少监马继祖，仅一纨绔儿，愈亦为之作传等皆是。刘乂持愈金数斤去，曰：“此谀墓中人得耳，不若与刘君为寿。”愈不能止也。

虽然，就文论文，愈在八大家中，洵当首屈一指，此则尽人所认，而不能稍异议者。其杂著诸篇，多类诸子；与人书，因人而施；赠送序，随事变化，尤其绝技。各类文皆有特长。用字造句构局，篇各不同。就性质言，如《原道》《与孟尚书书》《论佛骨表》为辟佛；《答李翊书》《与冯宿论文书》为论文；《送孟东野序》为论道德；《送李愿归盘谷序》为愤时疾俗；《蓝田县丞厅壁记》为谐谑；《毛颖传》为寓言；《张中丞传后叙》为传后补遗。又有出于摹仿者，如《进学解》，系仿东方朔《答客难》、扬雄《解嘲》；《送穷文》系仿扬雄《逐贫》。综论昌黎全集，大率以雄奇胜；而《书记》又极生峭，《平淮西碑》又极庄严典重，《送董邵南序》《送王秀才序》又极深微曲折，《原道》《原性》等又极沉实朴老，《祭郑夫人文》《祭十二郎文》又极悲哀激楚。至若铭志之文，本以叙事及褒美为主，然亦各篇互异：专叙一事者，如《唐朝散大夫赠司勋员外郎》《孔君墓志铭》《故幽州节度判官赠给事中清河张君墓志铭》；兼寓褒贬者，如《柳子厚墓志铭》；第叙经历一无褒贬者，如《李元宾墓铭》。每一篇各有意境，各有结构，绝不信手挥洒，可谓无调不变，无格不奇，无美不备！林琴南谓“昌黎下笔之先，必唾弃无数不应言与言之似是而非者，则神志已空定如山岳，然后随其所出，移步换形，只在此山之中，而幽窈曲折，使入者迷惘，而按之实理，又在在具有主脑，用正眼藏施其神通以怖人，人又安从识者！”是诚能窥见韩文奥窔者矣！学愈者能息心静气，熟读深思，则一切篱藩之障碍、流滑之口吻，皆可扫除净尽。

三　韩愈文作法说明——以本编所选各文为限

韩愈才如渊海，文亦不泥一法，故其蹊径，每难探索。兹就本编所选，采录各家旧说，参以编者意见，逐篇写出，以备学者参考。

（一）杂著

杂著各篇语极平易。其最著者为“五原”，本编只录其三。《原道》以道字作主，反复申明，畅其所蓄才；篇中以孟轲距杨墨为说，隐然以孟子自比。又说轲之后失其传，隐然以道统自承。《原性》具万古独到之见，就孟轲、荀卿、扬雄三人之言，详为推阐。文词警策处，能使人首肯；征引赅博处，能使人坚信；语意多从《论语》“性相近也”一句参出。《原毁》于当时恶薄人情，曲曲写出。大抵愈不见直于贞元之朝，时宰又不以为能，毁之者大有人在，故婉转叙述毁之所生，及见毁者之被累。沉吟反复，的是至文。

《对禹问》，专是推广孟子之意。通篇用双不用单，且以重复蝉联见奇。

《杂说》，本有四首，一、四为比体，二、三为兴体，本编录一、四两首。第一首寄托极深，取类极广，以龙比臣，以云比君，说龙藉云而神，即说臣得君而显。第四首专为怀才数奇者吐气，就马取喻；大意谓英雄豪杰，必遇知己，始得发展，否则终归湮没，谓天下无才，岂非冤甚。

《读荀》，有尊孟抑荀意。荀子《非十二子》以子贡并仲尼，又言人之性恶，是愈所谓离于道者。

《读仪礼》，大意以不及其时为恨，而文极抑扬咏叹之致。

《获麟解》，为愈自方之辞，措词甚悲，若已绝望。以麟自况，语语牢骚，而语语占身分。

《师说》，以“必有师”三字贯通篇，中间说触处皆师，无论长幼贵贱，在人自择，结处要李氏子能自得师，结出正意；然说师只说到解惑处，故有谓其不若扬雄“师者人之模范”之意为佳。

《进学解》，大旨不外以己所能，借他人目中代发，且代鸣不平，然后归到自己引圣贤之不遇为解；文不过一问一答，然亦庄亦谐，颇极狡狯。

《五箴》，用意并深，表面是自戒，实亦有感而发。

《讳辩》，专辟俗人之惑。前分经律典三段，后作设疑两可语，听人自择，另是一种文法。

《讼风伯》，极深刻，极平允。旸乌之仁等句，推尊天子，归罪风伯，亦责备时宰之意。

《〈张中丞传〉后叙》，仿史公传后论体，采遗事以补传中不足，故篇中所叙，如背诵《汉书》，记城中卒伍姓名等，皆传后补遗体裁；文夹叙夹议，亦深得史公笔法。

（二）颂赞

《伯夷颂》，系愈有托而借以泄愤之文，非颂伯夷也。愈不过于贞元之朝，借伯夷发抒其感慨；愈文字每有言在此而意在彼者，此篇即其一例。

《子产不毁乡校颂》，系讥时宰。开首说我思古人，结尾说有君无臣，明明可见。

《后汉三贤赞》，乃学古乐府《雁门太守》等体，大意惟一高字，虽每篇不满百言，而叙事丝毫无遗漏。

（三）传记

《圬者王承福传》，前略叙一段，后略断数语，中间借自己立说，点成无限烟波。规世的意，极为切至。

《燕喜亭记》，极绚烂，乃愈有意作此，为连州生色。亭名燕喜，有苦中作乐之意。

《画记》，整齐奇变，最拙处即最巧处，极生峭却极易学。能举不相偶之事实对举成偶，尤为人所想不到。秦少游曰："序事该而不烦。"语甚切当。

《蓝田县丞厅壁记》，本记县丞厅壁，反说丞不得尽职，且极力写丞的可怜，可谓极诙谐游戏之能事。

（四）书

与书一体，愈变化极多，往往因人而变其词，或为请求，或为抒愤，或自明气节，或讲论道德，或解释文字，篇法各各不同。熟读不已，可悟无数法门。

《与孟东野书》，说东野抱道自高，不宜今世，明为道悲，偏说为东野悲，悲东野之道不行，即悲己道不行。将一道字寄东野身上，因东野而悲自己，分外见得亲密。

《答窦秀才书》，时愈贬阳山令，正满腹牢愁，无处发泄，而窦适于此时至县请粟，其问必无可采，其人不足与进，故应之如此。

《答尉迟生书》，通篇注重在古之道不足取信于今一语，而今字尤重；将贤公卿一笔抹倒，冷嘲热刺，是愈绝技。

《答崔立之书》，将有唐科举之学，骂得一钱不值，一腔愤懑之气，浮溢纸上。

《答李翊书》，为愈论文杰作，生平全力所在，篇中从初学作文起，中间种种经历种种苦处，直到成功，分四段一一写出，非过来人不能道，非过来人亦不能领略；末段说终吾身而已矣，是愈牢骚本色。

《与崔群书》，极缠绵，极悱恻，愈与群相知甚深，故如此。是集中别调。

《与陈给事书》，将见不见作七层写，上半篇从见说到不见，下半篇从不见说到要见，推详出许多情事。一路顿挫跌宕，笔笔入妙。

《与冯宿论文书》，虽为论文，实是牢骚。小惭小好，大惭大好，说得酸甜自得，非论文到极处，不能作是语。

《应科目时与人书》，劈空而来，就譬喻作起，不必有其事，亦不必有其理，却翻作无数曲折，的是奇文妙文。

《答刘正夫书》，以求是论文，议论中正之中，时时有奇气流露。

《答陈商书》，言为文必使一世人不好，不利于求，虽为劝商，亦为己写照。

《与孟尚书书》，翻覆变幻，为书中第一。以杨墨亲释老，以孟子自况，气盛言宜，所谓贬潮州后之文，当与《论佛骨表》并读。

《答吕医山人书》，山人误认愈欲借宾客以自重，故将信陵执辔责愈，愈自明其意答之，说得与信陵局面心事，天地悬隔，纠正山人之狂狷，不没山人的质朴，是深情厚道之文。

《与鄂州柳中丞书》二篇，前篇激昂慷慨，是愤韩弘等不肯尽力，不仅是称美公绰；后一篇论淮西必败，可见愈留心时事，胸中早有成竹。

（五）序

以序赠人，始于唐初，愈集中赠序虽不若铭志之多，然亦不少，无一不有身世之慨，而结构无一相同。序非论，乃句句是论。造句敛，制局变，是愈最擅长者。

《送孟东野序》，乃一篇慷慨悲歌之文字。谓形之声者多不得已，不得已中，又有善不善，所谓善者，又有幸不幸，只是从一鸣中发出许多议论。句法变换，凡二十九样，可谓格奇调变。但此等体仿效极难。

《送窦从事序》，中间着是以人之之南海者若东西州焉一句，前后文俱好着笔。前称名，后称字，《左传》习用此法。

《送李愿归盘谷序》，妙处全在借李愿口中痛骂世人，表出一团傲睨之气，而与己丝毫无涉；至自己口气，只前数语写盘谷，后一歌咏盘谷，别是一格。东坡云："唐无文章，惟昌黎《送李愿归盘谷序》而已。"

《送董邵南序》，其下，或有"游河北"三字，河北自安史乱后，肃宗分河北地封叛将，直至唐亡，河北终不为王土。董生去河北，在当时亦是不得已，愈于董生之行，勉其决不可从贼。然董生既欲至河北，又无对董生当面骂贼之理，故借一古字说起，则今之不然可知，不必明说劝止，而劝止之意已见。

《赠崔复州序》，虽是送复州，欲是讽于頔，自县令不以言以前，看似责备复州，然其意实不如此。此文章布局之法。

《送廖道士序》，通篇只是一气，无从画断。前幅从五岳出衡山，从衡山出岭，从岭出州，再落出道士；已经落到道士，忽又一笔漾开，文心狡狯已极。林琴南云："此文制局甚险，似泰西机器，悬数千万斤之巨椎于梁间，以铁绳作辘轳，可以疾上疾下，置表于质上，疾下其椎，椎及表面玻璃而止，分毫无损。"为此文写照甚切。

《送王秀才序》，深微屈曲，与《送董邵南序》相似。

《送王秀才序》，推尊孟子，当与《原道》同读。

《送幽州李端公序》，是劝戒藩镇归朝，绝好叙事，见于议论中，绝大议论，寓于叙事中。篇中"国家失太平六十年矣，夫十日十二子相配，数穷六十，其将复平乎，平必自幽州始"等语，盖自天宝十四年乙未安禄山乱，至元和九年甲午，已甲子一终，文系元和四年二月以后所作，故如此说。

《送区册序》，区册盖南海一不知名之士，愈贬阳山，在烟瘴窈远之地，见文士来访，自不能不加以奖许；但文中一曰"若有志于其间也"，再曰"若能遗外声利而不厌乎贫贱也"，用两若字，仍是未定之口吻，可见古人下笔自有分寸。篇中不在归字着意，只就来字作文，古人于题不拘如此。

《送高闲上人序》，愈略有偏心，实非正论，高闲善草书，愈恶释氏，故并其长而抑之，推重张旭，所以抑高闲，亦所以辟佛。

《送杨少尹序》，将二疏事并入巨源身上，在空中摩荡；将杨侯的去时，同二疏的去时，两两比较，似无甚高下，后却说到“丞相爱惜，不绝其禄，又为歌诗劝行”，则为二疏所无；末托慨世之词，写出杨侯归乡，可敬可爱；序事前后部署，大有工夫。

《送温处士赴河阳军序》，全篇无一句说到温生之贤，大概薄其轻出，故意含滑稽；然又含蓄不露，须细看才见。

《送郑尚书序》，文极岸异。全篇句法，无一处肯涉平易，无语不奇，无句不重；化《史记》而自为一家，是愈晚年文字。

（六）哀辞祭文

《欧阳生哀辞》，笔极奇崛，词极悱恻，意极恳挚。生眷妓而死，文中始终不肯说出，因是遗其父母，不能不稍用曲笔。

《独孤申叔哀辞》，一肚皮不合时宜，借问天发泄净尽，独孤身分，不抬自高。

《祭田横墓文》，叹田横之贤，正所以怨时宰之不能得士，一腔悲愤，言外可见。

《祭郴州李使君文》，前半言情，至结处始美其为政，诚为雄奇。

《祭河南张员外文》，综叙张署生平与己之交际，曲折详尽，语尤奇丽；繁处极意抒写，简处用缩笔伸缩，繁简无一处不得当。

《祭柳子厚文》，语极简，意极哀，文末叙及托孤，是真能不负死友者。

《祭侯主簿文》，开首“惟子文学”四句，说主簿文行，以下用许多我字，表出自己同主簿的交谊。文笔如珠走盘，绝无转动之迹。

《祭郑夫人文》，礼，嫂叔不通问，叔而祭嫂，似非古人所许。但愈早孤，郑夫人以长以教，自不能与寻常嫂叔相比。文极沉痛，然尚能作韵语。

《祭十二郎文》，至痛彻心，不能成声，错杂写来，只觉得一片哀音，缠绕笔下，不能以段落分，亦不能以普通文字之法绳之。

《潮州祭神文》，本是祈祷，而先责备自己，意本前人，而词独恳切。

（七）碑

《平淮西碑》，模范全出《尚书》，直是谟诰文字，具绝伟之力，泽以极古之文。身在兵间，闻见精确，无一句模糊影响语，岂是寻常人所能道其只字。李师道遣客刺裴度武元衡事，于文中补叙，亦极得法。

《南海神庙碑》，极古丽，其事实不过崇祀龙神，前刺史惮于渡海，孔公独致敬尽礼而已。一件寻常事，本不值如许张皇，愈具有绝大魄力，尽量扮演，遂成为有数文字。

《柳州罗池庙碑》，颇为有识者所诟病，愈平日痛斥佛老，而此碑忽说出幽冥灵迹，故不免为时人所讥也；实则就文论文，佳处自不能没。幽峭颇近柳州。

（八）墓志

韩文铭志最多，谀墓之讥，实不能免；然文格各篇不同，有专叙一事者，有一无事实者，有褒贬兼施者，非有神力不及此。

《司徒兼侍中中书令赠太尉许国公神道碑铭》，为韩弘作，叙事极典重，极壮丽，但其中与正史事实，多有不符，即如篇中“我不知利害，知奉诏行耳，若兵北过河，我即东兵以取曹”数语，语虽简单，而威棱肃然，严毅之气，令人不敢逼视，恐韩弘当日未必有此胆，亦未必能作此语。文分十六段，先递后总，层次一丝不乱；铭词尤在在寓用字之法。

《李元宾墓铭》，全篇寥寥百数十字，并无一字褒贬。志叙元宾之经历，虽则寻常意思，而出之于愈，即觉高古深奥。有人以“奇”字称此文，颇当。

《唐朝散大夫赠司勋员外郎孔君墓志铭》，通首只写一事，只有“君于为义”五句在事外，然亦只是虚写，此格极高。

《试大理评事王君墓志铭》，通篇只一奇字，人奇，遇奇，隐奇，得妻尤奇。笔致极澹宕。

《柳子厚墓志铭》，愈于子厚颇不满其为人，所以全篇无一句相知之语，带褒带贬，极难下笔。而此文胜人之处，即在此难下笔处。

《唐故朝散大夫尚书库部郎中郑君墓志铭》，前实后虚，分作两截写，又是一格。

《殿中少监马君墓志》，羌无故实，几令人无可着笔，且继祖一纨绔儿，又有何可志，所以志之者，第为庄武王之关系耳，而愈之作此，又因韩弇为庄武王旧属之关系，借此渲染，使无可着笔者，遂成一篇妙文。“眉眼如画”四句，不过作一点眼，盖此等形相，富贵人家子弟，多数如此，并无足奇，若专就此处着笔，即为笨伯。

《故幽州节度判官赠给事中清河张君墓志铭》，通篇只叙一事，与孔戡志同体；后幅君弟复以下一段，仅带叙耳。

（九）杂文

《毛颖传》纯是寓言，《旧唐书》讥其戏谑不近人情，柳子厚独叹为极奇。前半直是一篇兔传，到“独取其髦”，始为毛颖伏案，至“围毛氏族，拔毫载颖，聚族束缚”，方是正文；以下叙尊宠，叙友朋，叙末路，结构与《史记》相近；所用之故实，无一事无来历，文中叙伐楚，次中山，中山并非伐楚所经，虽若不合，但本为寓言，正不必严加苛责也。

《送穷文》，再问再答，描写穷态，穷形尽相，文本本于扬雄之《逐贫赋》，然文气较厚，语气亦较高亢；但因其出之摹仿，总未能脱扬文窠臼，由此可见摹仿之难。

《鳄鱼文》，表面为祭鳄鱼，实则归罪后王，文中“况潮岭海之间去京师万里哉”，即出脱鳄鱼，责后王弃地之意；然语气备极严正，故读者不能觉。或谓经愈此文一祭，鳄鱼即去潮入海，潮州自此无鳄鱼患，此乃故神其说，不足凭信。

（十）表状

《论佛骨表》，前半力言奉佛之无效，祸福之不关于佛，正所以破除宪宗迷信，中间稍为宪宗回护；后半言迎佛骨之非，仍为宪宗开脱，此乃专制时代，天威咫尺，不得不如此说；篇末痛斥佛为夷狄，以祸祟自任，尤得体。

《复雠状》，通篇正意，是许人复雠，看他引《周官》，引《公羊传》，即可见；但不敢直言，故仍用骑墙之言收结。

《与汝州卢部中论荐侯喜状》，本系荐侯喜，乃先借侯喜见知于卢说起，说到正面，又先美卢，使人不得不动听，可谓荐书绝唱。

四　编例

韩文选本不一，本编所选，出入诸家，各体具备，皆为最精粹之文，学者即此以研求之，已甚足用。

本编注释，参考各家，惟正确是取；文之正意喻意，亦多注出。成语典故，务载篇名，以备查检。

韩文屡经名人是正，舛讹甚少，但伦次殊嫌凌乱，卢轩《韩笔酌蠡》，曾为重析门类，易置前后，本编亦师其意，略加区分，使归齐整。

韩集版本极多，本编所采用者，为江苏书局重刊本；各本与苏本不同之处，除重要而可据者一一注入，或径为改易外，余皆以苏本为准。

武进臧励龢识

1928年3月3日

目　录

杂著

颂赞

传记

书

序

哀辞祭文

碑

墓志

杂文

表状

杂　著

原　道[1]

博爱之谓仁，行而宜之之谓义[2]，由是而之焉之谓道[3]，足乎己[4]无待于外之谓德；仁与义为定名，道与德为虚位[5]，故道有君子小人，而德有凶有吉[6]。老子之小仁义[7]，非毁之也，其见者小也，坐井而观天，曰“天小”者，非天小也，彼以煦煦为仁[8]，孑孑为义[9]，其小之也则宜。其所谓道，道其所道，非吾所谓道也；其所谓德，德其所德，非吾所谓德也；凡吾所谓道德云者，合仁与义言之也，天下之公言者也。老子之所谓道德云者，去仁与义言之也，一人之私言也。周道衰，孔子没，火于秦[10]，黄老于汉[11]，佛于晋、魏、梁、隋之间[12]，其言道德仁义者，不入于杨[13]，则入于墨[14]，不入于老，则入于佛。入于彼，必出于此[15]，入者主之，出者奴之[16]，入者附之，出者污之[17]，噫！后之人其欲闻仁义道德之说，孰从而听之！老者[18]曰：“孔子，吾师之弟子也。”佛者[19]曰：“孔子，吾师之弟子也。”为孔子者[20]，习闻其说，乐其诞[21]而自小也，亦曰：“吾师亦尝云尔[22]。”不惟学之于其口，而又笔之于其书，噫！后之人虽欲闻仁义道德之说，其孰从而求之！甚矣，人之好怪也！不求其端，不讯[23]

其末，惟怪之欲闻。

古之为民者四，今之为民者六㉔；古之教者处其一，今之教者处其三㉕；农之家一，而食粟之家六㉖；工之家一，而用器之家六；贾之家一，而资㉗焉之家六；奈之何民不穷且盗也！古之时，人之害多矣，有圣人者立，然后教之以相生养之道；为之君，为之师，驱其虫蛇禽兽而处之中土；寒，然后为之衣；饥，然后为之食；木处而颠㉘，土处而病也，然后为之宫室；为之工，以赡㉙其器用；为之贾，以通其有无；为之医药，以济其夭死；为之葬埋祭祀，以长其恩爱；为之礼，以次其先后；为之乐，以宣其壹㉚郁；为之政，以率其怠倦㉛；为之刑，以锄其强梗。相欺也，为之符玺、斗斛、权衡以信之；相夺也，为之城郭甲兵以守之；害至而为之备，患生而为之防。今其言曰："圣人不死，大盗不止，剖斗折衡，而民不争。"㉜呜呼！其亦不思而已矣！如古之无圣人，人之类灭久矣，何也？无羽毛鳞介㉝以居寒热也，无爪牙以争食也。是故：君者，出令者也；臣者，行君之令而致之民者也；民者，出粟米麻丝作器皿、通货财，以事其上者也。君不出令，则失其所以为君；臣不行君之令而致之民，民不出粟米麻丝，作器皿、通货财，以事其上，则诛。今其法曰："必弃而君臣，去而父子，禁而相生养之道㉞，以求其所谓清净寂灭者㉟。"呜呼！其亦幸而出于三代之后，不见黜于禹、汤、文、武、周公、孔子也！其亦不幸而不出于三代之前，不见正于禹、汤、文、武、周公、孔子也！帝之与王，其号名殊，其所以为圣一也，夏葛而冬裘，渴饮而饥食，其事殊，其所以为智一也[36]。今其言曰："曷不为太古之无事？"是亦责冬之裘者曰：曷不为葛之之易也，责饥之食者曰：曷不为饮之之易也。《传》曰："古之欲明明德于天下者，先治其国，欲治其国者，先齐其家，欲齐其家者，先修其身，欲修其身者，先正其心，欲正其心者，先诚其意[37]。"然则，古之所谓正心而诚意者，将以有为也[38]；今也欲治其心，而外天下国家，灭其天常，子焉而不父其父，臣焉而不君其君，民焉而不事其事。孔子之作《春秋》[39]也，诸侯用夷礼，则夷之[40]，进于中国，则中国之[41]，《经》曰："夷狄之有君，不如诸夏之亡。"[42]《诗》曰："戎狄是膺，荆舒是惩。"[43]今也，举夷狄之法，而加之先王之教之上，几何其不胥而为夷也[44]！

夫所谓先王之教者，何也？博爱之谓仁，行而宜之之谓义，由是而之焉之谓道，足乎己，无待于外之谓德，其文《诗》《书》《易》《春秋》，其法礼乐刑政，其民士农工贾，其位君臣、父子、师友、宾主、昆弟、夫妇，其服麻丝，其居宫室，其食粟米果蔬鱼肉：其为道易明，其为教易行也。是故以之为己，则顺而祥；以之为人，则爱而公；以之为心，则和而平；以之为天下国家，无所处而不当。是故生则得其情，死则尽其常[45]，郊焉而天神假[46]，庙焉而人鬼飨[47]。曰："斯道也，何道也？"曰："斯吾所谓道也，非向所谓老与佛之道也，尧以是传之舜，舜以是传之禹，禹以是传之汤，汤以是传之文武周公，文武周公传之孔子，孔子传之孟轲，轲之死，不得其传焉。荀与扬也⑱，择焉而不精，语焉而不详，由周公而上，上而为君，故其事行⑲；由周公而下，下而为臣，故其说长⑳。然则，如之何而可也？曰：不塞不流，不止不行㉑，人其人㉒，火其书，庐其居㉓，明先王之道以道之㉔，鳏寡孤独废疾者有养也㉕，其亦庶乎其可也。”

---

①原道：明道之所本。　②义：宜。　③是：谓仁义。前“之”字：往。　④足乎己：仁义足乎己。　⑤仁与义为定名，道与德为虚位：舍仁义无以成道德，故道德为虚，因仁义而实，佛老不知道德自仁义中出，欲专自虚无上做起，故揭此旨。　⑥而德有凶有吉：道德而出于仁义者，则为君子之道及吉德，不出于仁义者，即为小人之道及凶德，凶德如盗贼藏奸，吉德如孝敬忠信。⑦老子：姓李，名耳，字伯阳，谥曰聃，相传孕八十一岁而生，故称老子。小仁义：言以仁义为小也。　⑧煦煦：小惠。　⑨孑孑：孤立貌。　⑩火于秦：秦始皇从李斯言，烧《诗》《书》百家语。　⑪黄老于汉：汉代好黄帝老子之言。　⑫佛于晋魏梁隋之间：晋魏梁隋佞佛，南以晋梁括之，北以魏隋括之。　⑬杨：杨朱，战国时人，倡“为我”之说，拔一毛而利天下，不为也。⑭墨：墨翟，亦战国人，倡“兼爱”尚同之说。　⑮入于彼，必出于此：言入于杨墨佛老者，必出离圣人之学。　⑯入者主之，出者奴之：言入异端者，必以异端为主，而以圣人之学为奴。　⑰入者附之，出者污之：言入异端者，必附和其说，而以圣人之学为污也。　⑱老者：谓学老子者。　⑲佛者：谓学佛者。　⑳为孔子者：谓学孔子者。　㉑诞：欺也。　㉒吾师亦尝云尔：言学

孔子者亦曰吾师亦尝言之如是。“尝”下或有“师之”二字。㉓讯：问。　㉔今之为民者六：古惟士农工商四民，今加佛老而为六。　㉕教者：古惟一圣人之教，今加佛老为三。　㉖六：士农工商佛老。下同。　㉗资：赖以给也。　㉘颠：陨。　㉙赡：给，足。　㉚壹：同“湮”，阻塞。　㉛率：督率。怠：懈。㉜语见《庄子》。　㉝介：甲。　㉞而：汝。　㉟清净：谓老；寂灭：谓佛。　㊱智一：言皆不愧为圣智。　㊲语见《礼记》《大学》。　㊳然则古之所谓正心句：言将扩而大之，以齐家治国，非若释氏之正心诚意之为己也。　㊴《春秋》：鲁记史之书，孔子删定之。　㊵夷礼：鲁僖公二十三年，杞君卒，用夷礼，孔子记其事，贬其名称曰子。　㊶进于：“进于”二字前或有“夷而”二字。　㊷语见《论语》。　㊸语见《诗·鲁颂》。膺：击。荆：楚。舒：楚东境之国，古皆以为蛮夷。惩：惩罚之也。㊹胥：皆，全部。此段申说上段之意。　㊺郊：尽其常：谓终其天年。　㊻古时祀天于南郊，祀地于北郊，故郊者，谓祀天地也。假：音格，至也。　㊼庙：祀于宗庙。人鬼：祖宗也。　㊽荀：荀卿，名况，战国时赵人，倡“性恶”之说。扬：扬雄，字子云，汉时人，著《法言》及《太玄》等。　㊾行：得位以行道。㊿长：立言以明道。　51塞不流，不止不行：言佛老之道不塞不止，圣人之道不流不行也。　52人其人：言僧道俱令还俗也。53庐其居：言寺观皆改作民屋也。　54道：后“道”字同“导”。55鳏（guān）：老而无妻曰“鳏”，寡：老而无夫曰“寡”，孤：幼而无父曰“孤”，独：老而无子曰“独”。废疾：癃病。以无佛老之害，故穷民皆得其所养。

原　性

性也者，与生俱生也；情也者，接于物而生也。性之品有三，而其所以为性者五；情之品有三，而其所以为情者七。曰：何也？曰：性之品有上中下三，上焉者，善焉而已矣，中焉者，可导而上下也，下焉者，恶焉而已矣。其所以为性者五，曰仁，曰礼，曰信，曰义，曰智。上焉者之于五也，主于一而行于四①；中焉者之于五也，一不少有焉，则少反焉，其于四也混②；下焉者之于五也，反于一而悖③于四。性之于情视其品④。情之品有上中下三，其所以为情者七，曰喜，曰怒，曰哀，曰惧，曰爱，曰恶，曰欲。上焉者之于七也，动而处其中；中焉者之于七也，有所甚，有所亡⑤，然而求合其中者也；下焉者之于七也，亡与甚，直情而行者也⑥。情之于性视其品。

孟子之言性曰："人之性善。"荀子之言性曰："人之性恶。"扬子之言性曰："人之性善恶混⑦。"夫始善而进恶，与始恶而进善，与始也混而今也善恶，皆举其中而遗其上下者也⑧，得其一而失其二者也⑨。叔鱼之生也，其母视之，知其必以贿死⑩；杨食我之生也，叔向之母闻其号也，知必灭其宗⑪；越椒之生也，子文以为大戚，知若敖氏之鬼不食也⑫；人之性果善乎？后稷之生也，其母无灾，其始匍匐也，则岐岐然，嶷嶷然[13]；文王之在母也，母不忧，既生也，傅不勤，既学也，师不烦[14]。人之性果恶乎？尧之朱[15]，舜之均[16]，文王之管蔡[17]，习非不善也，而卒为奸；瞽叟之舜[18]，鲧之禹[19]，习非不恶也，而卒为圣。人之性善恶果混乎？故曰：三子之言性也，举其中而遗其上下者也，得其一而失其二者也。

曰：然则性之上下者，其终不可移乎？曰：上之性，就学而愈明；下之性，畏威而寡罪，是故上者可教，而下者可制也；其品则孔子谓不移也[20]。曰：今之言性者异于此，何也？曰：今之言者，杂佛老而言也，杂佛老而言也者，奚言而不异[21]！

---

①主于一：主于仁也。四者：礼、信、义、智也。　②中焉者之于五也以下四句：言中人之性，于五者之中，其一非少有而偏少，即少反而偏多，其四者亦杂而不纯。　③悖：乱。　④性之于情视其品：言视性之品之上中下，而得情之中与否。　⑤甚：过也；亡：不及也。　⑥直情而行：言皆往而不返。　⑦人之性善恶混：扬子谓人之性善恶混，修其善则为善人，修其恶则为恶人。　⑧夫始善而进恶以下四句：指扬子之说。　⑨得其一而失其二者也：指孟荀之说。　⑩叔鱼：春秋时晋人，生时，其母视之曰："是虎目而豕喙，鸢肩而牛腹，溪壑可盈，是不可厌也，必以贿死。"后果以贪被杀。　⑪食：去声，或音食我为异饿；杨食我，即叔向之子也，字伯石，食采于杨，故称焉。叔向：姓羊舌，名肸，春秋时晋贤大夫，叔鱼庶兄。伯石始生，叔向母往视之，及堂，闻其声而还，曰："是豺狼之声也，狼子野心，非是，莫丧

羊舌氏矣！”其后食我果亡羊舌氏。 ⑫越椒：楚君若敖熊义之后，别姓斗氏，父曰子良，为楚司马，子文即斗谷於菟，其从父也，越椒始生，子文曰：“必杀之，是子熊虎之状，豺狼之声，弗杀，必灭若敖氏。”子良不可，子文以为大戚，曰：“鬼犹求食，若敖氏之鬼，不其馁而！”越椒后果亡若敖氏。 ⑬后稷句：舜时农官名后稷，周始祖弃为是官，因称弃为后稷。弃母姜嫄践巨人迹而有娠，生弃，以为不祥而欲弃之，故名弃。《诗·大雅·生民》：“载生载育，时惟后稷，不坼不副，无灾无害，诞实匍匐，克岐克嶷，以就口食。”岐岐，意有所知。嶷（nì）嶷：有所识别也。

⑭文王句：文王在母不忧，在傅弗勤，处师弗烦，见《国语》。

⑮朱：尧子丹朱，以不肖称。 ⑯均：舜子商均，亦以不肖称。

⑰管：管叔鲜。蔡：蔡叔度，皆文王子，文王崩，子武王立，武王崩，弟周公旦辅武王子成王即位，管蔡作乱，周公诛管囚蔡，其乱始平。 ⑱瞽叟之舜：瞽叟为父，舜为子，瞽叟以顽闻，而舜为大圣。 ⑲鲧之禹：鲧为父，禹为子，鲧以治水无功被诛，而禹继父志，平水灾，受舜禅为天子。 ⑳其品则孔子谓不移也：孔子谓上智与下愚，不移，韩愈推阐之，以为孔子所谓不移，乃性之品，性固相近，上者可教，下者可制。 ㉑当时言性者，或近于异端，愈惧其胥为夷，故以佛老结。

原　毁

古之君子，其责己也重以周①，其待人也轻以约②；重以周，故不怠，轻以约，故人乐为善。闻古之人有舜者，其为人也，仁义人也③；求其所以为舜者，责于己曰："彼人也，予人也，彼能是，而我乃不能是！"早夜以思，去其不如舜者，就其如舜者④。闻古之人有周公者，其为人也，多才与艺人也⑤；求其所以为周公者，责于己曰："彼人也，予人也，彼能是，而我乃不能是！"早夜以思，去其不如周公者，就其如周公者⑥。舜，大圣人也，后世无及焉，周公，大圣人也，后世无及焉，是人也，乃曰："不如舜，不如周公，吾之病也"，是不亦责于身⑦者重以周乎！其于人也，曰："彼人也，能有是，是足为良人矣，能善是，是足为艺人⑧矣。"取其一，不责其二⑨，即其新，不究其旧⑩，恐恐然惟惧其人之不得为善之利；一善易修也，一艺易能也，其于人也，乃曰："能有是，是亦足矣"。曰："能善是，是亦足矣"；不亦待于人者轻以约乎！今之君子则不然，其责人也详，其待己也廉⑪；详，故人难于为善，廉，故自取也少。己未有善⑫，曰："我善是，是亦足矣。"己未有能，曰："我能是，是亦足矣。"外以欺于人，内以欺于心，未少有得而止矣，不亦待其身⑬者已廉乎！

其于人也，曰："彼虽能是，其人不足称也，彼虽善是，其用不足称也。"举其一，不计其十[14]，究其旧，不图其新，恐恐然惟惧其人之有闻也；是不亦责于人者已详乎！夫是之[15]谓不以众人待其身，而以圣人望于人，吾未见其尊己也！

虽然，为是者，有本有原，怠与忌之谓也；怠者不能修，而忌者畏人修。吾常试之矣，尝试语于众曰："某良士，某良士。"其应[16]者，必其人之与也[17]，不然，则其所疏远不与同其利者也[18]，不然，则其畏[19]也；不若是，强者必怒于言，懦者必怒于色矣。又尝语于众曰："某非良士，某非良士。"其不应者，必其人之与也，不然，则其所疏远不与同其利者也，不然，则其畏也；不若是，强者必悦于言，懦者必悦于色矣。是故事修而谤兴，德高而毁来。呜呼！士之处此世而望名誉之光，道德之行，难已[20]！将有作于上者[21]，得吾说而存之，其国家可几而理欤[22]。

---

①周：悉也，细密也。　②约：简略也。　③仁义人：《孟子》载舜由仁义行。　④彼人也四句：根据《孟子》："颜渊曰：'舜，何人也，予，何人也，有为者亦若是。'"的话，加以阐述而成。　⑤《书·金縢》："予仁若考，能多才多艺，能事鬼神。"⑥《孟子》："公明仪曰：'文王我师也，周公岂欺我哉！'"⑦身：或作"己"。　⑧艺人：有才能之人也。　⑨取其一，不责其二：谓取其一长，不苛求其短。　⑩即其新，不究其旧：取其最新之善，不问其旧时之过恶。　⑪廉：谓只取一端，不尽

备也。少，对自己要求很少。　⑫未有："未有"二字，本或作"有未"。下同。　⑬其身：或作"于己"。　⑭举其一，不计其十：谓举其一事之差，不计其十事之善。　⑮之：或本无。⑯应：赞同。　⑰与：党与。　⑱不与同其利者：不与同其利，则誉之无出入，故应之也。　⑲畏：谓畏其人而应之。　⑳已：或作"矣"。　㉑作：亦作"仕"，或作"化"。　㉒欤：一作"也"。

对禹问[1]

或问曰："尧舜传诸贤，禹传诸子，信乎？"曰："然。""然则禹之贤不及于尧与舜也欤？"曰："不然，尧舜之传贤也，欲天下之得其所也，禹之传子也，忧后世争之之乱也；尧舜之利民也大，禹之虑民也深[2]。"

曰："然则尧舜何以不忧后世？"曰："舜如尧，尧传之，禹如舜，舜传之[3]，得其人而传之，尧舜也，无其人，虑其患而不传者[4]，禹也。舜不能以传禹，尧为不知人[5]，禹不能以传子，舜为不知人[6]。尧以传舜，为忧后世，禹以传子，为虑后世。"

曰："禹之虑也则深矣，传之子而当不淑[7]，则奈何？"曰："时益以难理[8]，传之人则争，未前定也[9]，传之子则不争，前定也[10]，前定虽不当贤，犹可以守法，不前定而不遇贤，则争且乱。天之生大圣也不数，其生大恶也亦不数，传诸人得大圣，然后人莫敢争，传诸子得大恶，然后人受其乱；禹之后四百年，然后得桀，亦四百年，然后得汤与伊尹，汤与伊尹，不可待而传也[11]，与其传不得圣人而争且乱，孰若传诸子，虽不得贤，犹可守法。"

曰："孟子之所谓'天与贤，则与贤，天与子，则与子'

者，何也？”曰：“孟子之心，以为圣人不苟私于其子以害天下，求其说而不得，从而为之辞⑫。”

①对禹问：《孟子》：“万章问曰：‘人有言：“至于禹而德衰，不传于贤而传于子。”有诸？’孟子曰：‘否，不然也！天与贤，则与贤，天与子，则与子。’”愈乃设问而为之答。 ②虑：一作“利”。 ③传之：言尧舜知舜禹皆圣智，故递相传授。 ④“无其人”下，一本亦有“而不传”三字。句中“不传”二字，一作“不得如已”四字。 ⑤尧为不知人：言尧固知舜能传贤，不以自私。 ⑥禹不能以传子句：禹之传子，以其时无人能贤如其子者，则传子亦犹传贤也，若妄以天下传之非人，以避传子之嫌，使后世争而乱，则因小而失大矣，故其传子初未尝有家天下之心也，舜知其能如此，故让位焉。 ⑦当：值也。淑：善也。 ⑧时益以难理：犹言世殊不易治。 ⑨言因未前定而争。 ⑩言因前定而不争。 ⑪待：一本作“得”。言四百年始得汤与伊尹，不能必待其生而传之，不可待而传，则传子与传贤无异矣。
⑫孟子曰句：言孟子以为圣人不私其子以害天下，然禹明明传子，一时不得禹传子亦如传贤之说，故从而以天与为辞。

杂说二首[1]

龙嘘气成云[2]，云固弗灵于龙也。然龙乘是气，茫洋穷乎玄间[3]，薄[4]日月，伏[5]光景，感震电，神变化，水[6]下土，汩[7]陵谷，云亦灵怪矣哉！

云，龙之所能使为灵也，若龙之灵，则非云之所能使为灵也。然龙弗得云，无以神其灵矣，失其所凭依，信不可欤？异哉！其所凭依，乃其所自为也。《易》曰："云从龙[8]。"既曰龙，云从之矣[9]。

世有伯乐[10]，然后有千里马。千里马常有，而伯乐不常有。故虽有名马，只辱于奴隶人之手，骈死于槽枥之间[11]，不以千里称也。

马之千里者，一食或尽粟一石，食[12]马者不知其能千里而食也；是马也，虽有千里之能，食不饱，力不足，才美不外见[13]，且欲与常马等不可得，安求其能千里也！策之不以其道，食之不能尽其材，鸣之而不能通其意，执策而临之，曰："天下无马！"呜呼！其真无马邪！其真不知马也[14]！

---

①杂说二首：原有四首，本书选其第一首及第四首。　②嘘：

呵也。　③茫洋：飞腾貌。穷：极也。玄间：天地之表。　④薄：迫也，接近。　⑤伏：掩也。景：读如影。　⑥水：名词用作动词，下雨。　⑦汩（gǔ）：湮没也。　⑧云从龙：《易·乾卦》语。　⑨本篇寄托甚深，取类甚广，如道义之扶持，德行之发为事业文章，以至君臣之遇合，朋友之应求，圣人之风，兴起于百世之下，无不皆是。　⑩伯乐：姓孙，名阳，秦穆公时善相马者。　⑪骈：并也。槽枥：养马之所。　⑫食：读如似。下食之同。喂。　⑬见：现。　⑭知：或作“识”。也，或作“邪”。

读　荀[1]

始吾读孟轲书，然后知孔子之道尊，圣人之道易行，王易王，霸易霸也，以为孔子之徒没，尊圣人者，孟氏而已。晚得扬雄书[2]，益尊信孟氏，因雄书而孟氏益尊，则雄者，亦圣人之徒欤！圣人之道，不传于世，周之衰，好事者各以其说干[3]时君，纷纷藉藉[4]相乱，《六经》与百家之说错杂[5]，然老师大儒犹在，火于秦，黄老于汉，其存而醇者，孟轲氏而止耳，扬雄氏而止耳。及得荀氏书，于是又知有荀氏者也。考其辞，时若不粹[6]，要其归，与孔子异者鲜矣。抑犹在轲雄之间乎！

孔子删《诗》《书》[7]，笔削《春秋》[8]，合于道者著之，离于道者黜去之，故《诗》《书》《春秋》无疵[9]；余欲削《荀氏》之不合者，附于圣人之籍，亦孔子之志欤[10]。孟氏，醇乎醇者也，荀与扬，大醇而小疵。

---

①荀：指《荀子》。为荀况所作，况又称荀卿，赵人，为齐襄王稷下祭酒。避谗适楚，楚春申君黄歇以为兰陵令，歇死而荀卿废，后死，即葬兰陵。所著《荀子》，凡数万言。　②扬雄：字子云，前汉时人，为人好古乐道，不慕荣利，以文章名世，著有《太玄》《法言》《方言》等书。　③干：求也。　④纷纷藉藉：杂而

多也。　⑤《六经》：《易》《诗》《书》《礼》《乐》《春秋》也。百家之说：百家杂说也。　⑥时若不粹：句或作“有时若不醇粹”。　⑦孔子删《诗》《书》：孔子求《书》，得三千二百四十篇，删其烦乱，为百二十篇。古时《诗》有三千余篇，孔子取其可施于礼义者，凡三百五篇。　⑧笔：记载。削：削除，古用竹简，有所改易，即削去之，故云。　⑨疵：病也。　⑩如《原性》所言，荀氏之性恶说，载《荀子·性恶》篇中，如此类者，皆不合于道，殆即愈所欲削去者也。

读《仪礼》[1]

余尝苦《仪礼》难读，又其行于今者盖寡，沿袭不同，复之无由，考于今，诚无所用之。然文王周公之法制，粗在于是。孔子曰："吾从周[2]。"谓其文章之盛也。古书之存者希矣，百氏杂家尚有可取，况圣人之制度耶！于是掇其大要，奇辞奥旨著于篇，学者可观焉。惜乎！吾不及其时进退揖让于其间，呜呼，盛哉！

---

①《仪礼》：周代典礼之书，自经秦劫，残缺不完，今所存者，凡十七卷。　②吾从周：语出《论语》："周监于二代，郁郁乎文哉！吾从周。"

获麟解[①]

麟之为灵昭昭也[②]，咏于《诗》[③]，书[④]于《春秋》，杂出于传记百家之书，虽妇人小子，皆知其为祥也。

然麟之为物，不畜于家，不恒有于天下，其为形也不类[⑤]，非若马牛犬豕豺狼麋鹿然[⑥]，然则，虽有麟，不可知其为麟也。角者吾知其为牛，鬣[⑦]者吾知其为马，犬豕豺狼麋鹿，吾知其为犬豕豺狼麋鹿，惟麟也不可知[⑧]。不可知，则其谓之不祥也亦宜[⑨]。

虽然，麟之出，必有圣人在乎位，麟为圣人出也，圣人者必知麟，麟之果不为不祥也。

又曰：麟之所以为麟者，以德不以形，若麟之出不待圣人，则谓之不祥也亦宜[⑩]。

---

①《春秋》鲁哀公十四年，西狩获麟，叔孙氏之车子钼高获之，以为不祥，以赐虞人，仲尼观之曰："麟也。"然后取之；仲尼伤麟之出也不时，遂绝笔，故《春秋》作至是年而止。本篇主旨，或谓愈系借《春秋》获麟以麟自况云。　②麟：言麟为灵物甚明。③咏于《诗》：《诗·周南·麟趾》篇有"麟之趾"之语。　④书：一作"载"。　⑤不类：不同凡类也。　⑥豺：与狼同类。麋：

鹿之大者。　⑦鬣：马颈上毛也。　⑧麟：麟似鹿而大，牛尾马蹄，有肉角一，背毛五彩，腹毛黄。　⑨不详：即指鲁获麟而以为不祥。　⑩麟之出不待圣人：麟不履生草，不食生物，圣人出，王道行，始见云。

师　说

古之学者必有师。师者，所以传道受①业解惑也。人非生而知之者，孰能无惑？惑而不从师，其为惑也，终不解矣；生乎吾前，其闻道也固先乎吾，吾从而师之，生乎吾后，其闻道也亦先乎吾，吾从而师之，吾师道也，夫庸②知其年之先后生于吾乎？是故无贵无贱，无长无少，道之所存，师之所存也。

嗟乎！师道之不传也久矣！欲人之无惑也难矣！古之圣人，其出人也远矣，犹且从师而问焉，今之众人，其下圣人也亦远矣，而耻学于师，是故圣益圣，愚益愚；圣人之所以为圣，愚人之所以为愚，其皆出于此乎？爱其子，择师而教之，于其身也，则耻师焉，惑矣！彼童子之师，授之书而习其句读者③，非吾所谓传其道解其惑者也；句读之不知，惑之不解，或师焉，或不④焉，小学而大遗，吾未见其明也。巫医乐师百工之人，不耻相师，士大夫之族，曰师曰弟子云者，则群聚而笑之。问之，则曰："彼与彼年相若也，道相似也。位卑则足羞，官盛则近谀。"呜呼！师道之不复，可知矣！巫医乐师百工之人，君子不齿⑤，今其智乃反不能及，其可怪也欤！

圣人无常师，孔子师郯子、苌弘、师襄、老聃⑥，郯子之徒，其贤不及孔子。孔子曰：“三人行，则必有我师。”⑦是故弟子不必不如师，师不必贤于弟子，闻道有先后，术业有专攻，如是而已。

李氏子蟠，年十七，好古文，六艺⑧经传，皆通习之，不拘于时；学于余⑨，余嘉其能行古道，作《师说》以贻之。

---

①受，一作“授”。　②庸：岂。　③句读：文字语绝处为“句”；语未绝而点分之为“读”。　④不：同“否”。　⑤齿：列。不齿：不与同列。　⑥郯（tán）：国名，在今山东郯城县境。郯子：郯君也，知少昊氏以鸟名官之故，孔子见而学焉，事见《左传》昭公十七年。苌弘：周大夫，孔子访乐焉。师襄：乐师名襄，孔子学鼓琴焉。老聃：即老子，见《原道》注，孔子问礼焉。⑦三人行，则必有我师：语见《论语》。　⑧六艺：六经也，即《诗》《书》《易》《春秋》《礼》《乐》。　⑨学于余：句上或有“请”字。

进学解[1]

国子先生晨入太学[2]，招诸生立馆[3]下，诲之曰："业精于勤，荒于嬉，行成于思[4]，毁于随[5]。方今圣贤相逢，治具毕张[6]，拔去凶邪，登崇畯良[7]，占小善者率以录[8]，名一艺者无不庸[9]，爬罗剔抉[10]，刮垢磨光[11]，盖有幸而获选，孰云多而不扬。诸生业患不能精，无患有司之不明！行患不能成，无患有司之不公！"

言未既，有笑于列[12]者曰："先生欺余哉！弟子事先生于兹有年矣，先生口不绝吟于六艺之文，手不停披[13]于百家之编，记事者必提其要[14]，纂言者必钩其玄[15]，贪多务得，细大不捐[16]，焚膏油以继晷[17]，恒兀兀[18]以穷年，先生之业，可谓勤矣。抵[19]排异端，攘[20]斥佛老，补苴罅漏[21]，张皇幽眇[22]，寻坠绪之茫茫，独旁搜而远绍[23]，障百川而东之，回狂澜于既倒[24]，先生之于儒，可谓有劳矣[25]。沉浸浓郁，含英咀华[26]，作为文章，其书满家[27]，上规姚姒[28]，浑浑无涯[29]，周诰殷盘[30]，佶屈聱牙[31]，《春秋》谨严[32]，《左氏》浮夸[33]，《易》奇而法[34]，《诗》正而葩[35]，下逮《庄》《骚》[36]，太史所录[37]，子云相如，同工异曲[38]，先生之于文，可谓闳其中而肆其外矣[39]。少始知学，勇于敢为，长通于方[40]，左右具宜，先生之于为人，可谓成矣。然而公不见信于人，私不见助于友，跋前踬后[41]，动辄得咎，暂为御史，遂窜南夷[42]，三年博士，冗不见治[43]，命与仇谋，取败几时[44]，冬暖而儿号寒，年丰而妻啼饥，头童齿豁[45]，竟死何裨[46]，不知虑此，而反教人为[47]！”

先生曰：“吁！子来前！夫大木为杗[48]，细木为桷[49]，欂栌侏儒[50]，椳闑扂楔[51]，各得其宜，施以成室者，匠氏之工也。玉札丹砂[52]，赤箭青芝[53]，牛溲马勃[54]，败鼓之皮[55]，俱收并蓄，待用无遗者，医师之良也。登[56]明选公，杂进巧拙，纡余为妍[57]，卓荦为杰[58]，校短量长，惟器是适者，宰相之方也。昔者孟轲好辩，孔道以明[59]，辙环天下，卒老于行[60]；荀卿守正，大论是弘，逃谗于楚，废死兰陵[61]；是二儒者，吐辞为经，举足为法，绝类离伦，优入圣域，其遇于世何如也？今先生学虽勤而不繇[62]其统，言虽多而不要其中，文虽奇而不济于用，行虽修而不显于众[63]；犹且月费俸钱，岁靡[64]廪粟，子不知耕，妇不知织[65]，乘马从徒，安坐而食[66]，踵常途之促促[67]。窥陈编以盗窃[68]；然而圣主不加诛[69]，宰臣不见斥，兹非幸欤[70]！动而得谤，名亦随之，投闲置散，乃分之宜；若夫商财贿之有亡[71]，计班资之崇庳[72]，忘己量之所称[73]，指前人之瑕疵[74]，是所谓诘匠氏之不以杙为楹[75]，而訾医师以昌阳引年，欲进其豨苓也[76]。”

---

①进学解：愈以宪宗元和六年为职方员外郎，华阴令柳涧有罪，将贬，愈上疏请辨曲直，既按涧有犯，遂左迁国子博士，盖于是凡再为国子博士矣，以才高数黜，而官又下迁，乃作《进学解》以自

喻，执政奇其才，改为比部郎中、史馆修撰。　②太学：古时国立之最高级学校也。　③馆：授业之所。　④思：精求之意。　⑤随：苟且之意。　⑥张：施也。言所以为治之具盖施设也。　⑦畯：亦作“俊”。　⑧占：读去声，擅有也。率：大率也。录：取也。　⑨名一艺：以一艺成名也。庸：用。　⑩爬罗剔抉：谓搜取人才。抉：挑也。　⑪刮垢磨光：谓造就人才。　⑫列：队列。　⑬披：翻阅。　⑭提其要：举纲挈领。　⑮纂：辑而集之。钩其玄：精深研求。　⑯捐：弃。　⑰晷：日影也。言夜以继日。　⑱兀兀：用心貌。　⑲牴（dǐ）：触也。　⑳攘：排斥。　㉑补苴罅漏：修其残缺。苴：鞋垫。　㉒张皇幽眇：阐其幽微。张皇：张大。　㉓坠绪：废业。茫茫：不明貌。绍：继也。二句承补苴张皇说。　㉔障百川而东之二句：二句承抵排攘斥说。　㉕劳：事功曰“劳”。　㉖英：花。咀：嚼。文字之精妙处，涵咏之使书味存于胸中，则有益。　㉗书：古代之书籍。言作文悉本于古。　㉘规：规学。舜姚姓，禹姒姓，谓虞夏之书也。　㉙浑浑无涯：言虞夏之书浑浑然无涯涘也。　㉚周诰：谓《尚书》中《大诰》《酒诰》《康诰》等。殷盘：谓《尚书》中《盘庚》上中下三篇。　㉛佶屈聱牙：皆艰涩貌。　㉜谨严：孔子作《春秋》，以一字为褒贬，故称谨严。　㉝浮夸：《左氏传》释经，浮虚夸大。　㉞《易》奇而法：《易》变化甚奇，而正理可法。　㉟葩：花。《诗》之义理甚正，而词藻华美，故《诗经》又称《葩经》。　㊱庄：《庄子》。骚：《离骚》。　㊲太史：司马迁也。所录：指《史记》。　㊳子云：扬雄。相如：司马相如。二人皆以文名也。同工异曲：言犹乐之同工而异其曲调。

㊴闳中肆外：蕴蓄富而笔豪放。　㊵通方：通达古圣王之道。　㊶跋前踬后：《诗·豳风·狼跋》："狼跋其胡，载疐（zhì）其尾。"胡，老狼颔下悬肉，跋疐，颠倒貌，言老狼进则跋于胡，退则疐于尾，进退皆难。疐与踬义通。　㊷南夷：德宗贞元十九年，愈迁监察御史，会京师旱，民饥，诏蠲租半，有司征求反急，愈上疏言状，遂被谗，贬为连州阳山令。阳山：县名，属今广东省，故称曰南夷。　㊸三年博士：愈于元和元年为国子博士，三年为真，明年改都官，故曰三年博士。冗：散。　㊹命与仇谋，取败几时：命与仇敌为谋，数遭败坏。　㊺童：秃。豁：落。　㊻竟死：犹至死。裨：益。　㊼为：作。自公不见信至此，正言有司之不明不公。　㊽宊（méng）：屋大梁。　㊾桷（jué）：椽。　㊿欂（bó）、栌（lú）、侏儒：或皆从木旁，三者皆屋上短柱。　51椳：户枢。闑（niè）：门限。扂（diàn）：户牡也。楔：门两旁木。　52玉札：药名，即地榆。丹砂：朱砂。　53赤箭：即天麻。青芝：一名龙芝。　54牛溲：牛溺。马勃：菌类，生湿地及腐木上。　55败鼓之皮：比喻虽为微贱之物，却是有用的东西。　56登：举。　57纡余为妍：谓作缓态者。　58卓荦为杰：谓行直道者。　59公都子问孟子："外人皆称夫子好辩，敢问何也？"孟子曰："余岂好辩哉，余不得已也。"　60辙环天下，卒老于行：车辙环行天下，而莫能用。　61荀卿守正至兰陵：荀卿游齐，三为祭酒，齐人谗之，乃适楚，楚黄歇为相，以为兰陵令。歇死，荀卿亦废，著书数万言而卒，因葬兰陵。兰陵：在今江苏常州。　62繇（yóu）：同"由"。　63四句解前勤业有劳为文为人四段。　64靡：费也。　65二句言有以养家。　66二句言有以自养。

㊼促促：廉谨貌。言随俗而无异能也。　　㊽窥陈编以盗窃：言盗窃旧章而无创解。　　㊾诛：责。　　㊿幸：谓遇世愈于孟荀二儒。　　(71)财贿：俸禄。　　(72)班资：品秩，官员的品级。庳：下也。　　(73)称：去声。　　(74)前人：谓在已前之贵显者。瑕疵：过失。谓不公不明也。　　(75)诘：责。杙：橛。楹：柱，杙小楹大，故愈以杙自喻。　　(76)訾：毁。昌阳：昌蒲，久服可延年。豨苓：即猪苓，主渗泄。自动而得谤至此，解前公不见信段，言有司未有不明不公处。

五箴并序

人患不知其过；既知之，不能改，是无勇也。余生三十有八年，发之短者日益白，齿之摇者日益脱，聪明不及于前时，道德日负于初心，其不至于君子而卒为小人也昭昭矣！作《五箴》以讼其恶云①。

---

①讼：责。

游箴

余少之时，将求多能，蚤夜以孜孜；余今之时，既饱而嬉，蚤夜以无为。呜呼余乎！其无知乎！君子之弃，而小人之归乎！

言箴

不知言之人，乌可与言，知言之人，默焉而其意已传。幕中之辩，人反以汝为叛①，台中之评，人反以汝为倾②；汝不惩邪③，而呶呶以害其生邪④？

---

①人反以汝为叛：愈曾佐宣武节度使董晋，及武宁节度使张建

封，鲠言无所忌，幕中二句，即指其时也。　②台：台官，谓御史也。倾：排挤也。愈为监察御史，以言事贬阳山令，见《进学解》注，台中二句，即指其时也。　③惩：戒。　④呶呶（náo）：喧语不止。

行　箴[1]

行与义乖，言与法违，后虽无害，汝可以悔[2]。行也无邪，言也无颇[3]，死而不死，汝悔而何[4]。宜悔而休，汝恶曷瘳？宜休而悔，汝善安在？悔不可追，悔不可为，思而斯得，汝则弗思。

①行：一作“悔”。　②后虽无害，汝可以悔：言虽然无害，犹当悔。　③颇：偏。　④死而不死，汝悔而何：言虽困迫近死而未死，汝可悔乎，谓不当悔也。

好 恶 箴

无善而好[1]，不观其道；无悖而恶[2]，不详其故。前之所好，今见其尤[3]，从也为比[4]，舍也为雠；前之所恶，今见其臧，从也为愧，舍也为狂，维雠维比，维狂维愧，于身不祥，于德不义，不义不祥，维恶之大，几如是为，而不颠沛[5]！齿之尚少，庸有不思，今其老矣，不慎胡为？

①而：连词。　②悖：乱。　③尤：过错。　④比：阿附。　⑤颠沛：挫折之意。言如是行为而不遭挫折者几何哉。

知名箴

内不足者，急于人知；霈焉[1]有余，厥闻四驰[2]。今日告汝，知名之法，勿病无闻，病其晔晔[3]！昔者子路，惟恐有闻[4]，赫然千载，德誉愈尊。矜汝文章、负汝言语，乘人不能，掩[5]以自取；汝非其父，汝非其师，不请而教[6]，谁云不欺。欺以贾[7]憎，掩以媒怨，汝曾不寤，以及于难。小人在辱，亦克知悔，及其既宁，终莫能戒。既出汝心，又铭汝前，汝如不顾，祸亦宜然。

---

①霈焉：饶裕之意。　②闻：去声，声闻也。言足于内者，声名自能外溢也。　③晔晔：言名盛也。　④昔者子路，惟恐有闻：《论语》："子路有闻，未之能行，惟恐有闻。"言未能行其实，不欲有闻也。　⑤掩：乘人不备（袭击）。　⑥不请而教：人未请而教之也。　⑦贾（gǔ）：招引。

讳辩[1]

愈与李贺书，劝贺举进士[2]。贺举进士有名，与贺争名者毁之，曰："贺父名晋肃，贺不举进士为是，劝之举者为非。"听者不察也，和而唱之，同然一辞。皇甫湜[3]曰："若不明白，子与贺且得罪。"愈曰："然。"

律曰："二名不偏讳[4]。"释之者曰：谓若言"徵"不称"在"，言"在"不称"徵"是也[5]；律曰："不讳嫌名[6]。"释之者曰：谓若"禹"与"雨""丘"与"蓲"[7]之类是也；今贺父名晋肃，贺举进士，为犯"二名律"乎？为犯"嫌名律"乎？父名晋肃，子不得举进士，若父名"仁"，子不得为人乎？

夫讳始于何时？作法制以教天下者，非周公孔子欤！周公作诗不讳[8]，孔子不偏讳二名[9]，《春秋》不讥不讳嫌名[10]。康王钊之孙，实为"昭"王[11]，曾参之父名皙，曾子不讳"昔"[12]。周之时有骐期[13]，汉之时有杜度[14]，此其二子宜如何讳？将讳其嫌，遂讳其姓乎？将不讳其嫌者乎？汉讳武帝名彻为通[15]，不闻又讳"车辙"之"辙"为某字也；讳吕后名雉为"野鸡"[16]，不闻又讳"治天下"之"治"为某字也。今上章及诏，不闻讳"浒""势""秉""饥"也[17]，惟宦官宫妾乃不敢言"谕"

及“机”⑱，以为触犯，士君子言语行事，宜何所法守也？

今考之于经，质之于律，稽之以国家之典，贺举进士，为可邪？为不可邪？凡事父母得如曾参，可以无讥矣，作人得如周公、孔子，亦可以止矣。今世之士，不务行曾参、周公、孔子之行，而讳亲之名，则务胜于曾参、周公、孔子，亦见其惑也！夫周公、孔子、曾参，卒不可胜，胜周公、孔子、曾参乃比于宦官宫妾，则是宦官宫妾之孝于其亲，贤于周公、孔子、曾参者耶？

---

①讳辩：愈劝李贺举进士，妒贺者藉口贺父名晋肃，晋字与进字同音，宜以为讳，而不应举进士，愈故作此以辩之。　②李贺：字长吉，唐之宗室，幼有诗名，愈器之，故作书劝举进士。　③皇甫湜：字持正，有文才，仕至工部郎中，与愈友善。　④二名：名之有二字者，不偏讳，不固定一字而讳之，在律有是文也。⑤“谓若”二句：孔子之母名徵在，孔子尝有“宋不足徵”“某在斯”等语。　⑥嫌名：声相近者，文见《礼记·曲礼》。　⑦苬：乌苬，草名，与“丘”同音。　⑧周公作诗不讳：《诗经》有“克昌厥后”“骏发尔私”等句。文王名昌，武王名发，而周公作此诗时，皆不为父兄讳。　⑨孔子不偏讳二名：孔子不避单独用的“徵”或“在”字。　⑩如卫桓公名完，谥为桓，“桓”与“完”同音，《春秋》不讥。　⑪钊：康王名，周成王子。昭王，名瑕，昭其谥也。　⑫曾参：字子舆，孔子弟子。曾皙亦孔子弟子。曾参尝有“昔者吾友”之语。　⑬骐期：战国楚悼王时人，见《渚

宫故事》。　⑭杜度：字伯度，杜延年孙，见张怀瓘《书断》。⑮汉武帝名彻，故改彻侯为通侯，蒯彻改名蒯通。　⑯“讳吕”句：汉吕后名雉，因改称雉为野鸡。　⑰浒、势、秉、饥：唐太祖名虎，“虎”与“浒”音近。太宗名世民，“世”与“势”音近。世祖名昞，“昞”与“秉”音近。玄宗名隆基，“基”与“饥”音近。　⑱谕：唐代宗名豫，“豫”与“谕”音近。机即谓近玄宗讳也。

讼风伯[①]

维兹之旱兮，其谁之由？我知其端兮，风伯是尤。山升云兮泽上气[②]，雷鞭车兮电摇帜，雨浸浸兮将坠[③]，风伯怒兮云不得止。

旸乌之仁兮[④]，念此下民，闷其光兮[⑤]，不斗其神；嗟风伯兮，其将谓何[⑥]，我于尔兮，岂有其他？求其时兮修祀事[⑦]，羊甚肥兮酒甚旨，食足饱兮饮足醉，风伯之怒兮谁使？

云屏屏兮[⑧]，吹使醨之[⑨]，气将交兮，吹使离之，铄之[⑩]使气不得化，寒之使云不得施，嗟尔风伯兮，欲逃其罪又何辞[⑪]！

上天孔明兮，有纪有纲，我今上讼兮[⑫]，其罪谁当？天诛加兮不可悔，风伯虽死兮，人谁汝伤[⑬]！

---

①风伯：司风之神。此为讽刺之文，德宗贞元十九年正月不雨，至七月，愈时为四门博士，作此以刺权臣李寔等壅蔽聪明，使人君恩泽不得下流，如风吹云而雨泽不得坠也。　②上：亦升也。　③浸浸：欲与之貌。“将”下或本有“欲”字。　④旸乌：日名，以喻君也。　⑤闷：闭。　⑥独：一本作“将”。　⑦求其时：唐制，以立春后丑日祀风师，所谓求其时也。　⑧屏屏：云聚貌。　⑨醨：薄。　⑩铄：消。　⑪又：“又”上或有“其”字。　⑫我今：一作“今我”。　⑬汝：一作“尔”。

《张中丞传》后叙[1]

元和二年[2]四月十三日夜，愈与吴郡张籍[3]阅家中旧书，得李翰所为《张巡传》[4]；翰以文章自名，为此传颇详密[5]，然尚恨有阙者，不为许远立传[6]，又不载雷万春事首尾[7]。

远虽材若不及巡者，开门纳巡，位本在巡上，授之柄而处其下，无所疑忌[8]，竟与巡俱守死，成功名。城陷而虏，与巡死先后异耳[9]，两家子弟材智下，不能通知二父志，以为巡死而远就虏，疑畏死而辞服于贼；远诚畏死，何苦守尺寸之地，食其所爱之肉[10]，以与贼抗而不降乎！当其围守时，外无蚍蜉[11]蚁子之援，所欲忠者，国与主耳，而贼语以国亡主灭[12]，远见救援不至，而贼来益众，必以其言为信，外无待而犹死守，人相食且尽，虽愚人亦能数日而知死处矣，远之不畏死亦明矣；乌有城坏而其徒俱死，独蒙愧耻求活，虽至愚者不忍为。呜呼，而谓远之贤而为之邪！说者又谓远与巡分城而守[13]，城之陷自远所分始，以此诟远，此又与儿童之见无异。人之将死，其藏腑必有先受其病者，引绳而绝之，其绝必有处，观者见其然，从而尤之，其亦不达于理矣！小人之好议论，不乐成人之美如是哉！如巡、远之所成就，如此卓卓[14]，犹不得免，其他则又何说！

当二公之初守也，宁能知人之卒不救，弃城而逆[15]遁，苟此不能守，虽避之他处何益；及其无救而且穷也，将其创残饿羸之余，虽欲去，必不达；二公之贤，其讲之精矣。守一城，捍天下，以千百就尽之卒，战百万日滋之师，蔽遮江淮，沮遏其势，天下之不亡，其谁之功也[16]？当是时，弃城而图存者，不可一二数，擅强兵坐而观者相环也[17]，不追议此，而责二公以死守[18]，亦见其自比于逆乱，设淫辞[19]而助之功也。

愈尝从事于汴徐二府，屡道于两府间[20]，亲祭于其所谓双庙者[21]，其老人往往说巡、远时事云：南霁云之乞救于贺兰也[22]，贺兰嫉巡、远之声威功绩出己上，不肯出师救，爱霁云之勇且壮，不听其语，强留之。具食与乐，延霁云坐，霁云慷慨语曰："云来时，睢阳[23]之人，不食月余日矣，云虽欲独食，义不忍！虽食，且不下咽！"因拔所佩刀断一指，血淋漓，以示贺兰[24]。一座大惊，皆感激为云泣下。云知贺兰终无为云出师意，即驰去。将出城，抽矢射佛寺浮图[25]，矢著其上砖半箭，曰："吾归破贼，必灭贺兰，此矢所以志[26]也！"愈贞元中，过泗州[27]，船上人犹指以相语：城陷，贼以刃胁降巡，巡不屈，即牵去，将斩之；又降霁云，云未应，巡呼云曰："南八[28]！男儿死耳，不可为不义屈[29]！"云笑曰："欲将以有为也[30]，公有言，云敢不死！"即不屈。

张籍曰：有于嵩者，少依于巡；及巡起事，嵩常[31]在围中。籍大历中，于和州乌江县见嵩[32]，嵩时年六十余矣，以巡初尝得临涣县尉[33]，好学，无所不读；籍时尚小，粗问巡、远事，不能细也。云：巡长七尺余，须髯若神。尝见嵩读《汉书》，谓嵩曰："何为久㉞读此？"嵩曰："未熟也。"巡曰："吾于书，读不过三遍，终身不忘也。"因诵嵩所读书尽卷不错一字。嵩惊，以为巡偶熟此卷，因乱抽他帙以试，无不尽然。嵩又取架上诸书，试以问巡，巡应口诵无疑。嵩从巡久，亦不见巡常读书也。为文章，操纸笔立书，未尝起㉟草。初守睢阳时，士卒仅万人，城中居人（户）亦且数万，巡因一见问姓名，其后无不识者。

巡怒，须髯辄张。及城陷，贼缚巡等数十人坐；且将戮，巡起旋，其众见巡起，或起或泣，巡曰："汝勿怖！死，命也。"众泣不能仰视。巡就戮时，颜色不乱，阳阳㊱如平常。远宽厚长者，貌如其心。与巡同年生，月日后于巡，呼巡为兄。死时年四十九。

嵩，贞元初死于亳、宋间㊲；或传嵩有田在亳、宋间，武人夺而有之，嵩将诣州讼理，为所杀。嵩无子。张籍云。

---

①张中丞：名巡，以守睢阳时，拜御史中丞，故称。传，李翰所作，见本文。　②元和：唐宪宗年号。　③吴郡：地在今江苏。张籍：字文昌，今江苏吴县人，愈举荐进士。　④李翰：今河北赞皇人，有文名。张巡：今河南南阳人，博通群书，玄宗末年，以进士官真源（今河南鹿邑县）令。安禄山反，与许远合守睢阳，睢阳陷，巡死，议者谓不宜死守，致丧多人之生命，翰乃为传以上之，并言其以孤城蔽江淮，阻遏贼势，有大功。人乃无异言。⑤翰所为传颇详密，《新唐书》巡传多采之。　⑥许远：杭州盐

官（今浙江海宁）人。　⑦雷万春：巡将。巡入睢阳之前，尝为贼围于雍丘，万春立城上，贼伏矢射之，而中六矢，不动，贼疑为木人，既知其实，乃大惊，深服巡军令之严。一说雷万春应作南霁云。　⑧许远为睢阳守，贼至，告急于巡，巡时在宁陵，即入睢阳，与远合，远悉以战斗事任之。许远为州守，巡为县令，故言远位在巡上。　⑨睢阳于肃宗至德二年十月被攻陷，二人及部将数十人皆被虏，人皆当时遇害，惟远后死。　⑩睢阳食尽，巡出爱妾以飨士，远亦杀其奴。　⑪蚍蜉：大蚁。　⑫玄宗幸蜀，睢阳被围逾年，官兵未尝出关援救，攻城部队因以此语动围城中人。⑬分城而守：后二人各守一方，巡守东北，远守西南。　⑭卓卓：特异貌。　⑮逆：度也，谓先事预度之。　⑯睢阳当江淮之路，睢阳不下，贼不敢绕出其前，唐人因以江淮得全之功，归之巡、远。⑰如下文贺兰等皆是。　⑱不追议此：此当时之议论，见前。⑲淫辞：淫乱之辞。　⑳汴徐二府：董晋镇汴，张建封镇徐，愈皆为从事。道：取路也。二句贯下祭双庙过泗州两事言之。　㉑双庙：巡、远后皆赠大都督，立庙睢阳，号双庙，一庙祀二人。㉒南霁云：巡将。贺兰：复姓，贺兰进明也，时驻兵临淮，巡使霁云往乞师。　㉓睢阳：秦县，故城在今河南商丘南，地在唐宋州，州乃汴府支郡。　㉔以示贺兰：断一指所以示信而归报于巡。㉕浮图：寺塔。　㉖志：以志不忘。　㉗贞元：德宗年号。泗州：唐州，徐府支郡。　㉘南八：霁云排行第八，故称。㉙男儿死耳，不可为不义屈：巡见云不应，疑其欲降贼，故呼勉之。㉚欲将以有为也：言将诈屈，以俟机杀贼。　㉛常：或作“尝”。㉜大历：唐代宗年号。和州：北齐置，在今安徽。乌江县，明时省入州。　　㉝以巡：以巡立功，故得官县尉。或无“尝”字。临涣县：在安徽，元时省入宿州。　　㉞久：或作“又”。　　㉟起：或作“有”。　　㊱阳阳：若无所事也。　　㊲亳：唐州，今安徽亳县。宋：唐州，明清为河南归德府，今商丘为府旧治。

颂　赞

伯夷颂[1]

士之特立独行，适于义而已，不顾人之是非，皆豪杰之士，信道笃而自知明者也。

一家非之，力行而不惑者寡矣；至于一国一州非之，力行而不惑者，盖天下一人而已矣；若至于[2]举世非之，力行而不惑者，则千百年乃一人而已耳。若伯夷者，穷天地、亘万世而不顾者也，昭乎日月不足为明，崒[3]乎泰山不足为高，巍乎天地不足为容也！当殷之亡，周之兴，微子贤也，抱祭器而去之[4]；武王周公，圣也，从[5]天下之贤士与天下之诸侯而往攻之，未尝闻有非之者也，彼伯夷叔齐者[6]，乃独以为不可；殷既灭矣，天下宗周[7]，彼二子乃独耻食其粟，饿死而不顾[8]；繇是而言，夫岂有求而为哉，信道笃而自知明[9]也。

今世之所谓士者，一凡人誉之，则自以为有余，一凡人沮之，则自以为不足，彼独非圣人而自是如此[10]；夫圣人乃万世之标准也，余故曰：若伯夷者，特立独行、穷天地、亘万世而不顾者也。虽然，微[11]二子，乱臣贼子接迹于后世矣[12]。

①伯夷：姓墨，名允，字公信。伯，长也，夷，谥也。　②若至于，一本作“至若”。　③崒（zú）：山高危貌。　④微子：名启，纣之庶兄，武王伐殷，微子持祭器而造军门。　⑤从：一本作“率”。使跟从，带领。　⑥叔齐：伯夷少弟，名智，字公达。叔：少也，齐：谥也。　⑦宗周：言周为天下所宗也。⑧“彼二子”二句：武王克殷，伯夷叔齐耻食周粟，隐于首阳山，采薇而食之，遂饿死。　⑨明：“明”字下一有“者”字。⑩圣人：指武王、周公。言二子独以周公、武王为非，而自以为是。⑪微：无。　⑫接迹：足迹相接，喻多而不绝也。纣虽暴，然武王以臣弑君，在古代于义终未合，而当时无有注意此点者，幸有夷齐，古所谓三纲大义，始得维持，而后世之乱臣贼子，始有畏忌。

子产不毁乡校颂①

我思古人，伊②郑之侨。以礼相国，人未安其教，游于乡之③校，众口嚣嚣④。或谓子产："毁乡校则止。"曰："何患焉，可以成美，夫岂多言，亦各其志，善也吾行，不善吾避，维善维否⑤，我于此视，川不可防，言不可弭⑥，下塞上聋⑦，邦其倾矣。"既乡校不毁，而郑国以理⑧。

在周之兴，养老乞言，及其已衰，谤者使监⑨，成败之迹，昭哉可观。维是子产，执政之式，维其不遇，化止一国。诚率⑩是道，相天下君，交畅旁达，施及无垠⑪。于乎！四海所以不理⑫，有君无臣，谁其嗣之，我思古人⑬！

---

①子产：名侨，郑穆公之孙，子国之子，相郑为政，有声。乡校：乡之学校。郑人游乡校以论执政，然明令毁之，子产不从，事见《左传》襄公三十一年。　②伊：发语词。　③之：或无"之"字。　④嚣嚣：多言貌。　⑤否：恶也，善恶亦言臧否。⑥"我于此视"三句：子产答然明，有禁言论如防川之语，亦见《左传》。　⑦下塞上聋：语见《谷梁》文六年："上塞则下喑，下喑则上聋。"　⑧理：治也。　⑨谤者使监：周末，厉王在位，虐，国人谤之，王怒；得卫巫，使监谤者，三年，国人逐王。监：

监视也。 ⑩率：遵循。 ⑪施（yì）：延也。垠：界限。
⑫句下或有“者”字。 ⑬或谓德宗末年，信佞人，不恤人言，此文盖有为而作。

后汉三贤赞

王充者何？会稽上虞①，本自元城，爰来徙居②。师事班彪③，家贫无书，阅书于肆，市肆是游，一见诵忆，遂通众流④，闭门潜思，《论衡》以修⑤。为州治中，自免归轶⑥。同郡友人，谢姓夷吾，上书荐之，待诏公车⑦，以病不行，年七十余。乃作《养性》一十六篇⑧。肃宗之时⑨，终于永元⑩。

王符节信，安定临泾⑪。好学有志，为乡人所轻⑫。愤世著论，《潜夫》是名⑬，《述赦》之篇，以赦为贼，良民之甚，其旨甚明⑭。皇甫度辽，闻至乃惊，衣不及带，屣履出迎；岂若雁门，问雁呼卿⑮。不仕终家，吁嗟先生⑯！

仲长统公理，山阳高平⑰。谓高干有雄志而无雄才，其后果败，以此有声⑱。俶傥⑲敢言，语默⑳无常，人以为狂生。州郡会召，称疾不就，著论见情。初举尚书郎㉑，后参丞相军事㉒，卒不至于荣。论说古今，发愤著书，《昌言》是名㉓。友人缪袭㉔，称其文章，足继西京㉕。四十一终，何其短邪，呜呼先生！

---

①王充：字仲任。会稽：秦置郡，今江苏东部浙江西部皆其地。上虞：汉县，故城在今浙江上虞西。　②元城：汉县。充之先本元城人，父诵，徙上虞。　③班彪：字叔皮，作《前汉书》未成，

子固续成之。　④“家贫无书”以下五句：充游洛阳市肆，阅所卖书，一见即能诵忆，遂通众流家之言。　⑤《论衡》以修：充以俗儒守文失真，乃闭门潜思，著文八十五篇，二十余万言，名曰《论衡》。　⑥治中：汉官，州刺史之佐吏，居中治事，主众曹文书。刺史董勤辟充为从事，转治中，充自免还家。　⑦公车：署名。公车所在，诸待诏者皆居以待命；盖汉时应征者，皆由公家以车递送也。夷吾荐充才学，肃宗特诏公车征。　⑧《养性》：充年渐七十，志力衰耗，乃作《养性书》十六篇，节欲颐养。⑨肃宗：后汉章帝，名炟，光武孙，明帝子。　⑩永元：肃宗年号。充于永元中病卒。　⑪王符：字节信。安定：汉置郡，地在今甘肃。临泾：汉县，为后汉安定郡治，故城在今甘肃镇原县西。⑫好学有志，为乡人所轻：安定俗鄙庶孽，而符无外家，乡人贱之。⑬《潜夫》：符隐居著书三十六篇，以讥当时得失，不欲章显其名，故曰《潜夫论》。　⑭“以赦为贼，良民之甚”二句：《潜夫论·述赦篇》曰：“今日贼良民之甚者，莫大于数赦赎，数赦赎，则恶人昌而善人伤矣。”　⑮“皇甫度辽”六句：皇甫规曾为度辽将军，故称皇甫度辽。规解官归安定，乡人有以货得雁门守者，谒规，规卧不起，既入而问：“卿前在郡，食雁美乎？”有顷，又白符在门，规闻之，惊起，衣不及带，屣履出迎，援其手而入，与共坐甚欢。　⑯“皇甫度辽”二句：符竟不仕而卒。　⑰仲长统：字公理。山阳：汉郡，景帝分梁郡置，在今河南。高平：汉时侯国。⑱“谓高干”三句：统年二十余，游学青徐并汝之间，并州刺史高干素贵有名，士多归附，统独谓干曰：“君有雄志而无雄才。”后干果败，人以是异之。　⑲俶：同“倜”；倜傥：卓异。

⑳默：不语也。　　㉑尚书郎：属于尚书之郎官也。后汉之尚书职权甚重。尚书令荀彧奇统，举为郎。　　㉒军事：参丞相曹操军事也。　　㉓《昌言》：凡三十四篇。　　㉔缪袭：字熙伯，官至尚书光禄勋。　　㉕足继西京：袭称统文足继西京之董仲舒、贾谊、刘向、扬雄。

传　记

圬者王承福传[1]

圬之为技，贱且劳者也，有业之，其色若自得者。听其言，约而尽。问之："王其姓，承福其名，世为京兆长安农夫[2]。天宝之乱，发人为兵[3]，持弓矢十三年，有官勋[4]。弃之来归，丧其土田，手镘衣食[5]。余三十年，舍于市之主人，而归其屋食之当焉[6]。视时屋食之贵贱，而上下其圬之，傭以偿之，有余，则以与道路之废疾饿者焉。"又曰："粟，稼[7]而生者也，若布与帛，必蚕绩而后成者也，其他所以养生之具，皆待人力而后完也，吾皆赖之；然人不可遍为[8]，宜乎各致某能以相生也。故君者，理[9]我所以生者也，而百官者，承君之化者也。任有小大，惟其所能，若器皿焉；食焉而怠其事，必有天殃，故吾不敢一日舍镘以嬉。夫镘易能可力焉[10]，又诚有功，取其直[11]，虽劳无愧，吾心安焉；夫力易强而有功也，心难强而有智也，用力者使于人，用心者使人，亦其宜也，吾特择其易为而无愧者取焉。嘻！吾操镘以入贵富之家有年矣，有一至者焉，又往过之，则为墟矣[12]，有再至三至者焉，而往过之，则为墟矣。问之其邻，或曰：'噫！刑戮也。'或曰：

‘身既死而其子孙不能有也。’或曰：‘死而归之官也。’吾以是观之，非所谓食焉怠其事，而得天殃者邪！非强心以智而不足，不择其才之称否而冒之者邪！非多行可愧，知其不可而强为之者邪！将贵富难守，薄功而厚飨之者邪？抑丰悴有时⑬，一去一来，而不可常者邪？吾之心悯焉⑭，是故择其力之可能者行焉。乐富贵而悲贫贱，我岂异于人哉！”又曰：“功大者，其所以自奉也博，妻与子，皆养于我者也，吾能薄而功小，不有之可也⑮。又吾所谓劳力者⑯，若立吾家而力不足，则心又劳也，一身而二任焉⑰，虽圣者不可能也。”

愈始闻而惑之，又从而思之，盖贤者也，盖所谓独善其身者也⑱。然吾有讥焉，谓其自为也过多，其为人也过少，其学杨朱之道者邪⑲？杨之道，不肯拔我一毛而利天下⑳，而夫人㉑以有家为劳心，不肯一动其心以畜其妻子，其肯劳其心以为人乎哉！虽然，其贤于世之患不得之，而患失之者㉒，以济其生之欲，贪邪而亡道，以丧其身者，其亦远矣！又其言有可以警余者，故余为之传而自鉴焉。

---

①圬（wū）者：涂壁之人，俗所称泥水匠。　②京兆：为汉三辅之一，今陕西长安以东至华县之地，魏以后建为郡。　③天宝：唐玄宗年号。天宝十四年，安禄山反，因出内府钱帛，于京师募兵十一万，旬日而集，皆市井子弟也。人：即民，以避太宗讳改。④勋：谓柱国护军之类。　⑤手：操持也。镘：涂具。言执镘以为生活。　⑥屋食：居屋和饮食。当（dàng）：谓所当之值。

⑦稼：种也。　⑧遍为：一一为之。　⑨理：治也。　⑩可力：可致力也。　⑪直：同“值”。　⑫墟：丘墟也。　⑬丰悴（cuì）：犹盛衰。　⑭悯：哀怜。　⑮不有之：谓独身不家。　⑯句下一有“也”字。　⑰二任：谓必力兼劳。　⑱独善其身：《孟子》：“穷则独善其身。”　⑲杨朱：战国时人，倡为我之说，孟子斥为无君。　⑳“杨之道”句：《孟子》：“杨子所为我，拔一毛而利天下，不为也。”　㉑夫人：犹言这个人，指圬者。　㉒“其贤于世”句：《论语》：“子曰：‘鄙夫可与事君也欤哉，其未得之也，患得之，既得之，患失之。’”

燕喜亭记[1]

太原王弘中在连州[2]，与学佛人景常、元慧游[3]。异日，从二人者行于其居之后，丘荒之间；上高而望，得异处焉，斩茅而嘉树列[4]，发石而清泉激，辇粪壤，燔椔翳[5]，却立而视之，出者突然成丘，陷者呀然[6]成谷，洼者[7]为池，而缺者为洞，若有鬼神异物阴来相之[8]。自是弘中与二人者晨往而夕忘归焉。乃立屋以避风雨寒暑[9]。

既成，愈请名之。其丘曰“竢德之丘”，蔽于古而显于今，有竢之道也[10]。其石谷曰“谦受之谷”[11]，瀑曰“振鹭之瀑”[12]，谷言德，瀑言容也。其土谷曰“黄金之谷”，瀑曰“秩秩之瀑”[13]，谷言容，瀑言德也。洞曰“寒居之洞”，志其入时也。池曰“君子之池”，虚以钟其美，盈以出其恶也[14]。泉之源曰“天泽之泉”，出高而施下也。合而名之以屋曰“燕喜之亭”，取《诗》所谓“鲁侯燕喜”者颂也[15]。于是州民之老，闻而相与观焉[16]，曰：“吾州之山水名天下[17]，然而无与燕喜者比；经营于其侧者相接也，而莫直其地[18]；凡天作而地藏之以遗其人乎！”

弘中自吏部郎贬秩而来[19]，次其道途所经，自蓝田入商洛[20]，涉淅湍[21]，临汉水[22]，升岘首以望方城[23]，出荆门[24]，下岷江[25]，过洞庭[26]，上湘水[27]，行衡山之下[28]，由郴逾岭[29]，蝯狖所家[30]，鱼龙所宫，极幽遐瑰诡之观[31]，宜其[32]于山水饫闻而厌见也，今其意乃若不足。传曰："智者乐水，仁者乐山。"[33]弘中之德，与其所好，可谓协矣！智以谋之，仁以居之，吾知其去是而羽仪于天朝也不远矣[34]。遂刻石以记。

---

①燕：一本作"宴"。燕喜亭在连州，愈时为阳山令，阳山隶属于连州。　②王弘中：名仲舒。连州：唐置，属于广东省。弘中时贬连州司户。　③佛、慧："佛"字下或有"之"字，"慧"字下或有"者"字。元慧姓陆，景常则不祥。　④嘉：美也，善也；嘉树：美善之树。　⑤燔：或作"焚"。木立死曰"椔"，自毙曰"翳"。　⑥呀然：口张貌也。　⑦洼（wā）：低陷之处。　⑧相：助也。　⑨避：或作"御"。"雨"下或有"御"字。　⑩竢："竢"下或有"德"字。　⑪谦受之谷：《书》："满招损，谦受益。"　⑫振鹭之瀑：《诗·周颂·振鹭》："振振鹭，鹭于飞。"振振，群飞貌。　⑬秩秩：有常德也。　⑭恶：秽浊也。　⑮鲁侯燕喜：《诗·鲁颂·闷宫》："鲁侯燕喜，令妻寿母。"燕，通"宴"，言宴饮而有喜也。者颂，或作"颂者"。⑯州民之老："州民之老闻而"六字一作"州民之闻者"。　⑰名："名"下或有"于"字。　⑱直：当也。一作"宜"，又作"多"。　⑲弘中自吏部郎贬秩而来：弘中自吏部员外郎贬为连州司户，故或谓吏部郎当作吏部员外郎云。　⑳蓝田：山名，在陕西。"田"下或有"山"字。商洛：二水名，皆在今河南。　㉑淅、

湍：二水名，皆在今河南。　㉒汉水：源出陕西，经流湖北至汉口入江。　㉓岘首、方城：二山名，在今湖北。　㉔荆门：山名，在湖北。　㉕岷江：源出岷山，山在四川。　㉖洞庭：湖名，在湖南。　㉗湘水：湖南巨川。　㉘衡山：在湖南，古称五岳之一，为南岳。　㉙郴：唐州，今为县，属湖南。岭：即常称之五岭，自湖南入广东，必逾此。　㉚狖（yòu）：猴属。　㉛瑰：或作“环”。　㉜其：或作“乎”。　㉝传曰句：语见《论语》。　㉞“吾知其去”句：《易·渐卦》：“鸿渐于逵，其羽可用为仪，吉。”以喻贤者登用作世表率。

画　记

杂古今人物小画共一卷。

骑而立者五人；骑而被[1]甲载兵立者十人；一人骑执大旗前立；骑而被甲载兵行且下牵者十人；骑且负者[2]二人；骑执器者二人；骑拥田犬者[3]一人；骑而牵者二人；骑而驱者三人；执羁靮立者[4]二人；骑而下倚马臂隼而立者[5]一人；骑而驱涉者二人，徒[6]而驱牧者二人；坐而指使者一人；甲胄手弓矢鈇钺植者七人[7]；甲胄执帜植者十人，负者[8]七人，偃寝休者二人[9]；甲胄坐睡者一人，方涉者一人，坐而脱足者一人，寒附[10]火者一人；杂执器物役者八人；奉壶矢者一人[11]；舍而具食者十有一人[12]；挹且注者四人[13]；牛牵者二人；驴驱者四人；一人杖而负者[14]；妇人以孺子载而可见者六人，载而上下者三人[15]；孺子戏者九人；凡人之事三十有二，为人大小百二十有三，而莫有同者焉。

马大者九匹；于马之中，又有上者，下者[16]，行者，牵者，涉者，陆者[17]，翘者[18]，顾者，鸣者，寝者，讹者[19]，立者，人立者，龁者[20]，饮者，溲者，陟者[21]，降者，痒磨树者，嘘者，嗅者，喜相戏者，怒相踶啮者[22]，秣者[23]，骑者，骤者[24]，走者[25]，载服物者，载狐兔者：凡马之事二十有七，为马大小八十有三，而莫有同者焉。

牛大小十一头，橐驼[26]三头，驴如橐驼之数，而加其一焉。隼一，犬羊狐兔麋鹿共三十。旃车三两[27]。杂兵器弓矢旌旗刀剑矛楯弓服矢房甲胄之属[28]，瓶盂簦笠筐筥锜釜饮食服用之器[29]，壶矢博弈之具，二百五十有一，皆曲极其妙。

贞元甲戌年[30]，余在京师，甚无事。同居有独狐生申叔者[31]。始得此画；而与余弹棋[32]，余幸胜而获焉。意甚惜之[33]，以为非一工人之所能运思，盖丛集众工人之所长耳，虽百金不愿易也。明年，出京师，至河阳[34]，与二三客论画品格，因出而观之。座有赵侍御者，君子人也，见之戚然，若有所感；（然）少而进曰："噫！余之手摹也，亡之且二十年矣！余少时，常有志乎兹事，得国本[35]，绝人事而摹得之，游闽中而丧焉，居闲处独，时往来余怀也；以其始为之劳而夙好之笃也[36]。今虽遇之，力不能为已！且命工人存其大都焉。"余既甚爱之，又感赵君之事，因以赠之；而记其人物之形状与数，而时观之，以自释焉。

---

①被：衣也。　②负：任在背曰"负"。　③田犬：猎犬。　④羁：络也。靮（dí）：缰也。　⑤臂：用作动词，手持。隼：鹰属。　⑥徒：步行。　⑦胄：战士所冠，以御兵刃。手：执也。铁：莝斫刀。钺：大斧。植：立。　⑧负：背倚。⑨偃：息。寝：卧。偃寝休：犹言偃寝以休。　⑩附：近。⑪奉：读如捧。壶矢：投壶之矢。　⑫舍：居屋下也。具：或作

“且”。　⑬挹：酌。注：灌。　⑭负：交手于背。本句一说“一人”二字疑在句末；一本无“者”字。　⑮上下：谓上下车也。此句亦指妇人言。　⑯上：在上。下：在下。　⑰陆：跳跃貌。《庄子·马蹄》：“翘足而陆。”　⑱翘：举足。　⑲讹：动。　⑳龁（hé）：咬。　㉑陟：登。　㉒踶：踢。啮（niè）：噬。以上皆空马。　㉓秣：饲马。此句以下为骑载。㉔骤：马疾步貌。　㉕走：跑。　㉖橐驼：骆驼。　㉗旃：曲柄之旗。车载旃，故曰旃车。两：同“辆”。　㉘旌：谓析羽注于髦首。楯（dùn）：同“盾”，武器，所以护身蔽目。弓服：弓衣。矢房：盛矢之袋。　㉙瓶：汲水器。盂：盛饮食之器。雨具有柄曰“簦”，无柄曰“笠”。竹器方曰“筐”，圆曰“筥”（jǔ）。釜三足曰“锜”，无足曰“釜”。　㉚贞元甲戌年：贞元十年。　㉛独孤申叔：字子重。　㉜弹棋：古游戏之具，其局方二尺，中心高如覆盂，其巅为小壶，四角微隐起。　㉝惜：爱惜。㉞河阳：地名。今河南孟县有河阳故城。　㉟国：或作“故”。㊱夙：素，一直。

蓝田县丞厅壁记[1]

丞之职所以贰令[2]，于一邑无所不当问；其下主簿、尉，主簿、尉乃有分职。丞位高而偪，例以嫌不可否事[3]。文书行，吏抱成案诣丞，卷其前，钳以左手，右手摘纸尾，雁鹜行以进，平立睨[4]丞曰："当署[5]！"丞涉笔占位[6]，署惟谨，目吏，问："可不可？"吏曰"得"，则退，不敢略省[7]，漫[8]不知何事。官虽尊，力势反出主簿、尉下。谚数慢，必曰"丞"[9]，至以相訾謷[10]。丞之设，岂端[11]使然哉！

博陵崔斯立[12]，种学绩文，以蓄其有，泓涵演迤[13]，日大以肆。贞元初，挟其能，战艺于京师，再进再屈于人[14]。元和初，以前大理评事[15]言得失黜官；再转而为丞兹邑。始至，喟曰："官无卑，顾材不足塞职。"既噤不得施用，又喟曰："丞哉！丞哉！余不负丞，而丞负余！"则尽枿去牙角[16]，一蹑故迹[17]，破崖岸[18]而为之。丞厅故有记，坏漏污不可读，斯立易桷[19]与瓦，墁治壁[20]，悉书前任人名氏。庭有老槐四行，南墙巨竹千梃，俨立若相持，水㶁㶁循除鸣[21]，斯立痛扫溉，对树二松，日[22]哦其间。有问者，辄对曰："余方有公事，子姑去！"

考功郎中知制诰韩愈记[23]。

①蓝田县：今属陕西省。　②贰：副贰，此言丞是辅佐县令的官职。　③例：按惯例。不可否事：遇事不能决定。　④睨（nì）：斜视。　⑤署：题名画诺也。　⑥涉笔：犹动笔。涉，或作“濡”。占位：言占所书名之地，丞书名在令之下，簿尉之上也。　⑦略省：稍省视也。　⑧漫：完全。　⑨“丞”：谚语中讽刺散漫的官员，一定会有丞。　⑩相訾謷：互相诋毁。
⑪端：始，本来。　⑫博陵：唐郡，今河北定县。崔斯立：字立之。　⑬泓涵演迤：言其学之广博。　⑭屈于人：屈人也；斯立以贞元四年进士第。　⑮大理：大理寺，掌刑法，为卿。评事：其属官也。　⑯枿（niè），伐木余也，此处作动词用。牙角：皆显露之物，用《诗经·召南·行露》章典。尽枿去牙角：言磨去棱角。　⑰蹑（niè）：轻步跟在人后面。故迹：犹言旧例。
⑱破崖岸：谓改去不和易之性。　⑲桷（jué）：方形椽。
⑳墁：泥。用作动词，涂刷。意为用泥涂刷厅壁。　㉑瀌瀌（guó）：水声。循：依也。除：阶也。　㉒日：“日”下或有“吟”字。　㉓考功：官名，掌官吏考课黜陟，其长为郎中。知制诰：官名，唐翰林学士入学士院一岁，则迁此官，专掌囚命，典纶诰，为清要之职。

书

与孟东野书[1]

与足下别久矣，以吾心之思足下，知足下悬悬于吾也。各以事牵，不可合并，其于人人[2]，非足下之为见，而日与之处，足下知吾心乐否也？吾言之而听者谁欤？吾唱之而和者谁欤？言无听也，唱无和也，独行而无徒也，是非无所与同也，足下知余心乐否也？

足下才高气清，行古道，处今世，无田而衣食，事亲左右无违，足下之用心勤矣！足下之处身劳且苦矣！混混与世相浊[3]，独其心追古人而从之，足下之道，其使吾悲也！

去年春，脱汴州之乱幸不死[4]，无所于[5]归，遂来于此；主人[6]与吾有故，哀其穷，居吾于符离睢上[7]。及秋，将辞去，因被留以职事[8]。默默在此，行一年矣。到今年秋[9]，聊复辞去。江湖，余乐也，与足下终幸矣。

李习之娶吾亡兄之女[10]，期在后月，朝夕当来此。张籍在和州居丧[11]，家甚贫，恐足下不知，故具此白，冀足下一来相视也。自彼至此虽远，要皆舟行可至[12]，速图之，吾之望也！

春且尽，时气向热，惟侍奉吉庆！愈眼疾比剧，甚无聊，不复一一。愈再拜。

---

①孟东野：名郊，贞元进士，长于诗。　②人人：犹言众人。　③与世相浊：句谓随波逐流之意。　④汴州：今河南开封。贞元十五年二月，愈从董晋丧出汴州，四日而军乱，杀留后陆长源。　⑤于：或作“与”。　⑥主人：徐州节度使张建封。⑦符离：今安徽宿县。睢：水名。董晋既殁，愈去依张建封。⑧职：建封辟愈为幕职。　⑨今年秋：贞元十六年秋。　⑩李习之：名翱。亡兄：名弇，仲卿子。　⑪张籍：唐代诗人。和州：北齐州，在安徽。　⑫舟行可至：东野时居湖州。

答窦秀才书[①]

愈白：愈少驽怯，于他艺能，自度无可努力，又不通时事，而与世多龃龉，念终无以树立，遂发愤笃专于文学；学不得其术，凡所辛苦而仅有之者，皆符于空言，而不适于实用，又重以自废；是故学成而道益穷，年老而智愈困。今又以罪黜于朝廷，远宰蛮县[②]，愁忧无聊，瘴疠侵加，喘喘焉[③]无以冀朝夕。

足下年少才俊，辞雅而气锐，当朝廷求贤如不及之时，当道者又皆良有司，操数寸之管，书盈尺之纸，高可以钓爵位，循次而进，亦不失万一于甲科[④]；今乃乘不测之舟，入无人之地，以相从问文章为事，身勤而事左[⑤]，辞重而请约，非计之得也。虽使古之君子，积道藏德，遁其光而不曜，胶其口而不传者，遇足下之请[⑥]恳恳，犹将倒廪倾囷[⑦]，罗列而进也，若愈之愚不肖，又安敢有爱于左右哉！顾足下之能，足以自奋，愈之所有，如前所陈，是以临事愧耻而不敢答也。钱财不足以贿左右之匮急，文章不足以发足下之事业，稛载而往[⑧]，垂橐而归，足下亮之而已！愈白。

---

①窦秀才：名存亮。　②远宰蛮县：贞元十九年，愈以言事

出为阳山令。　　③喘喘：气逆而息急也。　　④甲科：谓名第居前也。　　⑤左：不便也。　　⑥请：或作“情”字。　　⑦廪：谷仓，所以藏米。囷（qūn）：廪之圆者。　　⑧䐜：满也。橐：囊也。《管子·小正》篇：“诸侯之使，垂橐而入，䐜载而归。”愈时远宰蛮县，故反其语，言无所得也。

答尉迟生书[①]

愈白尉迟生足下：夫所谓文者，必有诸其中，是故君子慎其实。实之美恶，其发也不掩，本深而末茂，形大而声宏，行峻而言厉，心醇而气和，昭晰者[②]无疑，优游者有余；体不备，不可以为成人，辞不足，不可以为成文。愈之所闻者如是，有问于愈者，亦以是对。今吾子所为皆善矣，谦谦然若不足，而以征于愈，愈又[③]敢有爱于言乎！

抑所能言者，皆古之道。古之道，不足以取于今，吾子何其[④]爱之异也？贤公卿大夫，在上比肩[⑤]，始进之贤士，在下比肩，彼其得之，必有以取之也[⑥]，子欲仕乎？其往问焉，皆可学也。若独有爱于是，而非仕之谓，则愈也尝学之矣，请继今以言！

---

①尉（yù）迟生：名汾。　②昭晰：明也。　③又：一作“岂”。　④何其：一作“其何”。　⑤比肩：谓肩相并，言人多也。　⑥“彼其得之”句：言彼公卿士大夫必有其取得之道。

答崔立之书[①]

斯立足下：仆见险不能止，动不得时，颠顿狼狈，失其所操持，困不知变，以至辱于再三，君子小人之所悯笑，天下之所背而驰者也；足下犹复以为可教，贬损道德，乃至手笔以问之，扳援[②]古昔，辞义高远，且进且劝，足下之于故旧之道得矣，虽仆亦固望于吾子，不敢望于他人者耳。然尚有似不相晓者，非故欲发余乎？不然，何子之不以丈夫期我也？不能默默，聊复自明。

仆始年十六七时，未知人事，读圣人之书，以为人之仕者，皆为人耳，非有利乎己也；及年二十时，苦家贫，衣食不足，谋于所亲，然后知仕之不唯为人耳。及来京师，见有举进士者，人多贵之，仆诚乐之，就求其术，或出礼部[③]所试诗赋策等以相示，仆以为可无学而能，因诣州县求举；有司者好恶出于其心，四举而后有成，亦未即得仕。闻吏部有以博学宏辞选者[④]，人尤谓之才，且得美仕，就求其术，或出所试文章，亦礼部之类，私怪其故，然犹乐其名，因又诣州府求举；凡二试于吏部，一既得之，而又黜于中书[⑤]，虽不得仕，人或谓之能焉；退自取所试读之，乃类于俳优者之辞[⑥]，颜忸怩[⑦]而心不宁者数月。既已为之，则欲有所成就，《书》所谓“耻过作非”者也[8]，因复求举，亦无幸焉，乃复自疑，以为所试与得之者不同其程度，及得观之，余亦无甚愧焉。夫所谓博学者，岂今之所谓者乎？夫所谓宏辞者，岂今之所谓者乎？诚使古之豪杰之士，若屈原、孟轲、司马迁、相如、扬雄之徒，进于是选，必知其怀愧乃不自进而已耳；设使与夫今之善进取者竞于蒙昧之中，仆必知其辱焉。然彼五子者，且使生于今之世，其道虽不显于天下，其自负何如哉！肯与夫斗筲者[9]决得失于一夫之目，而为之忧乐哉！

故凡仆之汲汲[10]于进者，其小得，盖欲以具裘葛，养穷孤，其大得，盖欲以同吾之所乐于人耳，其他可否，自计已熟，诚不待人而后知；今足下乃复比之献玉者，以为必竢工人之剖，然后见知于天下，虽两刖足不为病[11]，且无使勍者再克[12]，诚足下相勉之意厚也。然仕进者岂舍此而无门哉[13]，足下谓我必待是而后进[14]者，尤非相悉之辞也，仆之玉固未尝献，而足固未尝刖，足下无为为我戚戚也！方今天下风俗，尚有未及于古者，边境尚有被甲执兵者，主上不得怡，而宰相以为忧，仆虽不贤，亦且潜究得失，致之乎吾相，荐之乎吾君，上希卿大夫之位，下犹取一障而乘之[15]；若都不可得，犹将耕于宽闲之野，钓于寂寞之滨，求国家之遗事，考贤人哲士之[16]所终始，作唐之一经，垂之于无穷，诛奸谀于既死，发潜德之幽光[17]；二者将必有一可。足下以为仆之玉凡几献而足凡几刖也？又所谓勍者果谁哉？再克之刑，信如何也？士固信于知己[18]，微足下无以发吾之狂言。愈再拜。

①崔立之：即崔斯立，见《蓝田县丞厅壁记》注。时愈已登进士第，而三试吏部不售，因不得命官，立之乃遗愈书，比之献玉者，故愈以是复。 ②扳（pān）援：犹援引。 ③礼部：官署名，掌礼秩及学校贡举之法。 ④吏部：官署名，掌中外文职铨叙勋阶黜陟之政。博学宏辞：当时制科名，所以考拔淹博能文之士。⑤中书：与尚书、门下并称三省，三省之长，皆为宰相，唐初之制。此言吏部试业已得售，而又为宰相所黜也。 ⑥俳优者：优伶奏杂戏之人。 ⑦忸怩：惭色也。《尚书·五子之歌》："颜厚有忸怩。" ⑧耻过作非：《尚书·说命》："毋耻过作非。"言耻过误而遂已之非也。 ⑨斗筲者：《论语》："斗筲之人，何足算也。"喻其细微。 ⑩汲汲：急貌。 ⑪卞和得玉璞，献之楚厉王。玉人曰："石也。"王以和为诳，刖其左足。王殁，又献武王。玉人又曰："石也。"刖其右足。文王立，和抱璞而哭于郊。王使玉人攻之，果得宝玉。 ⑫且无使勍者再克：此为崔书中语。勍（qíng）：强也。 ⑬仕进者：言仕进有他法，不必专恃博学宏辞之考拔。 ⑭进：或作"振"。 ⑮下犹取一障而乘之：汉武帝时，使狄山居一障以御寇，匈奴斩山头而去。障：塞上要险处，别筑为城，置吏士以障蔽也。乘：谓登而守之。此段志在立功。⑯"之"下或有"所"字。 ⑰"作唐之一经"四句：谓欲作唐史。此段志在立言。 ⑱信：同"伸"；或即作"伸"。

答李翊书

六月二十六日，愈白：李生足下：生之书辞甚高，而其问何下而恭也？能如是，谁不欲告生以其道！道德之归也有日矣，况其外之文乎[①]！抑愈所谓望孔子之门墙而不入于其宫者，焉足以知是且非邪。虽然，不可不为生言之。

生所谓立言者是也。生所为者，与所期者，甚似而几矣，抑不知生之志蕲胜于人而取于人邪[②]？将蕲至于古之立言者邪？蕲胜于人而取于人，则固胜于人而可取于人矣；将蕲至于古之立言者，则无望其速成，无诱于势利，养其根而竢[③]其实，加其膏而希[④]其光，根之茂者其实遂，膏之沃者其光晔[⑤]，仁义之人，其言蔼如也[⑥]。

抑又有难者，愈之所为，不自知其至犹未也。虽然，学之二十余年矣。始者，非三代两汉之书不敢观，非圣人之志不敢存，处若忘，行若遗，俨乎其若思[⑦]，茫乎其若迷；当其取于心而注于手也，惟陈言之务去，戛戛乎[⑧]其难哉！其观于人，不知其非笑之为非笑也[⑨]。如是者亦有年，犹不改，然后识古书之正伪，与虽正而不至焉者，昭昭然白黑分矣，而务去之，乃徐有得也；当其取于心而注于手也，汩汩然来矣[⑩]；其观于人也，笑之则以为喜，誉之则以为忧[⑪]，以其犹有人之说者存也。如是者亦有年，然后浩乎其沛然矣[12]；吾又惧其杂也，迎而距之，平心而察之，其皆醇也，然后肆[13]焉。虽然，不可以不养也，行之乎仁义之途，游之乎诗书之源，无迷其途，无绝其源，终吾身而已矣。气，水也，言，浮物也，水大而物之浮者大小毕浮，气之与言犹是也，气盛则言之短长与声之高下者皆宜。虽如是，其敢自谓几[14]于成乎！虽几于成，其用于人也奚取焉！

虽然，待用于人者，其肖于器邪，用与舍属诸人[15]，君子则不然，处心有道，行已有方，用则施诸人，舍则传诸其徒，垂诸文而为后世法；如是者，其亦足乐乎，其无足乐也？有志乎古者希矣！志乎古，必遗乎今[16]，吾诚乐而悲之，亟[17]称其人，所以劝之，非敢褒其可褒而贬其可贬也。问于愈者多矣，念生之言不志乎利，聊相为言之[18]。愈白。

---

①况其外之文：言道德之有所归宿也已久，况其外表之文乎。②蕲：与“祈”通。希望。　③竢：待。　④希：冀。　⑤沃：美润之意。晔：光明。　⑥蔼如：和顺貌。言仁义之人有涵养，故言语和顺。　⑦俨：庄貌。《礼记·曲礼》：“俨若思。”⑧戛戛：龃龉不凑合也。　⑨其非笑之为非笑：言不知人之非笑为非笑。　⑩汩汩：水流貌。言如水之流至。　⑪笑之则以为喜二句：笑之则知不谐于俗而能入古，故以为喜，誉之则犹为时人所识，其道必浅，故以为忧。　⑫浩乎：大貌。沛然：盛大流行貌。　⑬肆：放。　⑭几：近。　⑮待用于人者以下三句：言待用于人者岂似器，必以人之用舍为进止乎。　⑯必遗乎今：

言必为今所遗。　⑰亟：读若“器”，频数也。　⑱念生之言不志乎利二句：言志古而见弃于今之人，吾之亟称之者，所以奖劝之，非敢擅行褒贬世之人也。

与崔群书[1]

自足下离东都[2]，凡两度枉问[3]，寻承已达宣州[4]，主人[5]仁贤，同列皆君子，虽抱羁旅[6]之念，亦且可以度日；无入而不自得[7]，乐天知命者，固前修[8]之所以御外物者也，况足下度越此等百千辈，岂以出处近远，累其灵台[9]邪！宣州虽称清凉高爽，然皆大江之南，风土不并以北[10]，将息之道，当先理其心，心闲无事，然后外患不入，风气所宜，可以审备，小小者亦当自不至矣。足下之贤，虽在穷约，犹能不改其乐，况地至近，官荣禄厚，亲爱尽在左右者邪！所以如此云云者，以为足下贤者，宜在上位，托于幕府，则不为得其所，是以及之；乃相亲重之道耳，非所以待足下者也。

仆自少至今，从事于往还朋友间，一十七年矣，日月不为不久，所与交往相识者千百人，非不多，其相与如骨肉兄弟者，亦且不少，或以事同[11]，或以艺取，或慕其一善，或以其久故[12]，或初不甚知，而与之已密，其后无大恶，因不复决舍，或其人虽不皆入于善，而于己已厚，虽欲悔之，不可。凡诸浅者固不足道，深者止如此；至于心所仰服，考之言行而无瑕尤，窥之阃奥而不见畛域[13]，明白淳粹，辉光日新者，惟吾崔君一人！仆愚陋无所知晓，然圣人之书，无所不读，其精粗巨细，出入明晦，虽不尽识，抑不可谓不涉其流者也[14]，以此而推之，以此而度之，诚知足下出群拔萃，无谓仆何从而得之也[15]！与足下情义，宁须言而后自明邪，所以言者，惧足下以为吾所与深者多，不置白黑于胸中耳[16]。既谓能粗知足下，而复惧足下之不我知，亦过也。比亦有人说足下诚尽善尽美，抑犹有可疑者，仆谓之曰："何疑？"疑者曰："君子当有所好恶[17]，好恶不可不明，如清河者，人无贤愚，无不说其善，伏其为人，以是而疑之耳[18]。"仆应之曰："凤皇芝草，贤愚皆以为美瑞，青天白日，奴隶亦知其清明，譬之食物，至于遐方异味，则有嗜者，有不嗜者，至于稻也、粱也[19]、脍也[20]、炙也[21]，岂闻有不嗜者哉！"疑者乃解。解不解，于吾崔君无所损益也。

自古贤者少，不肖者多，自省事[22]已来，又见贤者恒不遇，不贤者比肩青紫[23]，贤者恒无以自存，不贤者志满气得，贤者虽得卑位，则旋而死，不贤者或至眉寿，不知造物者意竟如何，无乃所好恶与人异心哉？又不知无乃都不省记，任其死生寿夭邪？未可知也！人固有薄卿相之官，千乘之位，而甘陋巷菜羹者，同是人也，犹有好恶如此之异者，况天之与人，当必异其所好恶无疑也；合于天而乖于人，何害！况又时有兼得者邪[24]！崔君！崔君！无怠！无怠！

仆无以自全活者[25]，从一官于此，转困穷甚[26]，思自放于伊颍[27]之上，当亦终得之[28]。近者尤衰惫，左车[29]第二牙，无故动摇脱去，目视昏花，寻常间[30]便不分人颜色，两鬓半白，头发五分亦白其一[31]，须亦有一茎两茎白者；仆家不幸，诸父诸兄皆康强早世，如仆者，又可以图于久长哉！以此忽忽[32]，思与足下相见，一道其怀，小儿女满前，能不顾念[33]，足下何由得归北来？仆不乐江南，官满便终老嵩下[34]，足下可相就，仆不可去矣。珍重自爱，慎饮食，少思虑，惟此之望！愈再拜。

---

①崔群：字敦诗，清河人，与愈同年，又深相知。　②东都：唐时东都，今河南洛阳。　③两度枉问：两次枉书通问讯也。④寻承已达宣州：言旋蒙示已达宣州。宣州：今安徽宣城。　⑤主人：谓崔衍。衍为宣歙观察使，群与李博等知名士，俱在幕府，群为判官。　⑥羁旅：旅客也。　⑦无入而不自得：语见《礼记·中庸》。　⑧前修：前哲。　⑨灵台：心也。《庄子》："灵台者有持。"崔屈身幕府，意有不乐，故答书如此。　⑩风土不并以北：言风土不得以北方比。　⑪以事同：所事相同也。⑫久故：犹旧故。　⑬阃奥：谓隐曲处。畛域：犹界限。　⑭涉其流：谓于各家曾有经历。　⑮无谓仆何从而得之：言无谓仆知足下为无根据。　⑯"惧足下"二句：言惧足下谓吾前所交诸深者甚多，其中黑白不辨也。　⑰君子当有所好恶：言既为君子，有好之者，亦当有恶之者。　⑱疑之：言臭味相投者始相称引，崔而贤，自称于贤，乃愚者亦称之，则崔非愚乎？故不能无疑。⑲粱：小米。　⑳脍：切肉。　㉑炙：烤肉。　㉒省事：犹言晓事。　㉓比肩：人多貌。青紫：谓贵显也，汉公侯之印绶紫，九卿之印绶青，故云。　㉔兼得：言有时既合于天，又合于人。㉕仆无以自全活者：言仆亦无以自全活之人。　㉖从一官于此，转困穷甚：时愈为国子四门博士，亦不得意，书中多感慨语，亦自

写也。　　㉗伊颍：二水名，皆在今河南。　　㉘当亦终得之：言当亦终得放于伊颍。　　㉙左车：左面齿本所着骨。　　㉚寻常：八尺曰“寻”，倍寻曰“常”。　　㉛头发五分亦白其一：言发白五分之一。　　㉜忽忽：失意貌。　　㉝能不顾念：言不能不顾念。㉞嵩：嵩山，五岳之一，在河南。

与陈给事书[①]

愈再拜：愈之获见于阁下有年矣，始者亦尝辱一言之誉，贫贱也，衣食于奔走，不得朝夕继见。其后阁下位益尊，伺候于门墙者日益进，夫位益尊，则贱者日隔，伺候于门墙者日益进，则爱博而情不专。愈也，道不加修，而文日益有名，夫道不加修，则贤者不与，文日益有名，则同进者忌；始之以日隔之疏，加之以不专之望，以不与者之心，而听忌者之说，由是阁下之庭，无愈之迹矣。

去年春，亦尝一进谒于左右矣，温乎其容，若加[②]其新也，属乎[③]其言，若闵其穷也，退而喜也，以告于人。其后如东京取妻子[④]，又不得朝夕继见。及其还也，亦尝一进谒于左右矣，邈乎[⑤]其容，若不察其愚也，悄乎[⑥]其言，若不接其情也，退而惧也，不敢复进。今则释然悟，翻然悔曰：其邈也，乃所以怒其来之不继也，其悄也，乃所以示其意也；不敏之诛，无所逃避，不敢遂进，辄自疏[⑦]其所以。

并献近所为《复志赋》已下十首，为一卷，卷有标轴；《送孟郊序》一首[⑧]，生纸写[⑨]，不加装饰；皆有揩字注字处[⑩]，急于自解而谢，不能竢更写，阁下取其意而略其礼可也。愈恐惧再拜。

①陈给事：名京，字庆复，与愈同议禘祫，京以是自考功员外迁给事中，故称，其官属门下省，掌封驳制敕，以纠正其违失。②加：或疑作“嘉”。 ③属乎：连续也。 ④东京：又称东都，指洛阳。愈为四门博士谒告还东京。 ⑤邈乎：不在意貌。⑥悄乎：冷淡貌。 ⑦疏：陈叙之意。 ⑧《送孟郊序》：即《送孟东野序》。见后。 ⑨生纸：唐时有生纸，有熟纸。生纸非有丧不用，愈仓促间，故不暇择。 ⑩皆有揩字注字：并赋序言，故曰“皆”。揩：涂抹也。

与冯宿论文书[①]

辱示《初筮赋》[②]，实有意思，但力为之，古人不难到；但不知直似古人，亦何得于今人也。仆为文久，每自则意中以为好，则人必以为恶矣，小称意，人亦小怪之，大称意，即人必大怪之也。时时应事作俗下文字，下笔令人惭，及示人，则人以为好矣；小惭者，亦蒙谓之小好，大惭者，即必以为大好矣，不知古文直何用于今世也，然以竢知者知耳。

昔杨子云著《太玄》，人皆笑之[③]，子云之言[④]曰："世不我知，无害也，后世复有杨子云，必好之矣。"子云死近千载，竟未有杨子云，可叹也！其时桓谭[⑤]亦以为雄书胜《老子》，《老子》未足道也，子云岂止与《老子》争强而已乎，此未为知雄者。其弟子侯芭[⑥]颇知之，以为其师之书胜《周易》。然侯之他文，不见于世，不知其人果如何耳。以此而言，作者不祈人之知也明矣，直百世以竢圣人而不惑，质诸鬼神而不疑耳[⑦]。足下岂不谓然乎？

近李翱从仆学文，颇有所得；然其人家贫多事，未能卒其业。有张籍者，年长于翱、而亦学于仆，其文与翱相上下，一二年业之，庶几乎至也；然闵其弃俗尚而从于寂寞之道，以之争名于时也。久不谈，聊感足下能自进于此，故复发愤一道。

愈再拜。

---

①冯宿：字拱之，愈同年进士。　②筮：一作“仕”。③人皆笑之：子云慕《周易》而草《太玄》，人多毁之，子云不以屑意。　④之言：一本无“之言”二字。　⑤桓谭：字君山，仕光武为议郎，著有《新论》。　⑥侯芭：巨鹿人，尝从雄居，受《太玄》《法言》。　⑦“直百世”两句：二语见《礼记·中庸》。

应科目时与人书[1]

月日，愈再拜：天池[2]之滨，大江之渍[3]，曰有怪物焉，盖非常鳞凡介之品汇匹俦也[4]。其得水，变化风雨，上下于天，不难也；其不及水，盖寻常[5]尺寸之间耳，无高山大陵旷途绝险为之关隔也，然其穷涸不能自致乎水，为猵獭[6]之笑者，盖十八九矣。

如有力者哀其穷而运转之，盖一举手一投足之劳也；然是物也，负其异于众也，且曰：烂死于沙泥，吾宁乐之，若俯首帖耳，摇尾而乞怜者，非我之志也：是以有力者遇之，熟视之若无睹也，其死其生，固不可知也。

今又有有力者当其前矣，聊试仰首一鸣号焉，庸讵知有力者不哀其穷，而忘一举手一投足之劳而转之清波乎！其哀之，命也，其不哀之，命也，知其在命而且鸣号之者，亦命也。

愈今者实有类于是，是以忘其疏愚之罪，而有是说焉。阁下其亦怜察之！

---

①应科目时：即愈应博学宏辞科时。　②天池：海也。
③渍（fén）：水涯也。　④介：有甲之虫。品汇匹俦：皆类也。
⑤寻常：古长度单位。　⑥猵（biān）獭：二者皆为水兽，食鱼。

答刘正夫书[1]

愈白进士刘君足下：辱笺教以所不及，既荷厚赐，且愧其诚然，幸甚！幸甚！凡举进士者[2]于先进之门，何所不往，先进之于后辈，苟见其至，宁可以不答其意邪？来者则接之，举城士大夫，莫不皆然；而愈不幸，独有接后辈名[3]，名之所存，谤之所归也。

有来问者，不敢不以诚答。或问："为文宜何师？"必谨对曰："宜师古圣贤人。"曰："古圣贤人所为书具存，辞皆不同，宜何师？"必谨对曰："师其意，不师其辞。"又问曰"文宜易宜难[4]？"必谨对曰："无难易，惟其是（尔如是）而已矣。"非固开其为此，而禁其为彼也。夫百物朝夕所见者，人皆不注视也，及睹其异者，则共观而言之，夫文岂异于是乎！汉朝人莫不能为文，独司马相如、太史公、刘向[5]、扬雄为之最；然则用功深者、其收名也远，若皆与世沉浮，不自树立，虽不为当时所怪，亦必无后世之传也。足下家中百物，皆赖而用也，然其所珍爱者，必非常物，夫君子之于文，岂异于是乎！今后进之为文，能深探而力取之，以古圣贤人为法者，虽未必皆是，要若有司马相如、太史公、刘向、扬雄之徒出，必自于此，不自于循常之徒也。若圣人之道，不用文则已，用则必尚其能者；能者非他，能自树立不因循者是也。有文字来[6]，谁不为文，然其存于今者，必其能者也。顾常[7]以此为说耳。

愈于足下忝同道而先进者，又常从游于贤尊给事[8]，既辱厚赐，又安得不进其所有以为答也。足下以为何如？愈白。

---

①正夫：一作“严夫”，字子耕，登元和进士第。 ②者：或无“者”字。 ③后辈：正夫为愈后辈。 ④文宜易宜难：言宜于通达者，抑宜艰深者。 ⑤刘向：字子政，汉宗室，其文亦为后世所著称。 ⑥有文字来：犹言有文字以来。 ⑦常：或作“当”。 ⑧贤尊给事：指正夫父伯刍，官给事，故称。

答陈商书[1]

愈白：辱惠书，语高而旨深，三四读尚不能通晓，茫然增愧赧；又不以其浅弊无过人知识，且喻以所守，幸甚！愈敢不吐情实。然自识其不足补吾子所须也。

齐王好竽[2]，有求仕于齐者，操瑟而往[3]，立王之门，三年不得入，叱曰："吾瑟鼓之，能使鬼神上下，吾鼓瑟，合轩辕氏之律吕[4]。"客骂之曰："王好竽，而子鼓瑟，虽工，如王不好何？"是所谓工于瑟而不工于求齐也。今举进士于此世，求禄利行道于此世，而为文必使一世人不好，得无与操瑟立齐门者比欤？文虽工，不利于求，求不得，则怒且怨，不知君子必尔为不也？故区区之心，每有来访者，皆有意于不肖者也。略不辞让，遂尽言之，惟吾子谅察！愈白。

---

①陈商：字述圣。此系愈为国子先生时所作，商以文求益，答之如是。后元和九年，商登进士。　②竽：笙类，三十六簧。　③瑟：琴类，二十五弦。　④轩辕氏：黄帝也。帝命伶伦作律吕。

与孟尚书书[1]

愈白：行官[2]自南回，过吉州[3]，得吾兄二十四日手书，数番[4]，忻悚兼至。未审入秋来眠食何似？伏惟万福！

来示云，有人传愈近少信奉释氏[5]，此传之者妄也。潮州时[6]，有一老僧，号大颠，颇聪明，识道理，远地无可与语者，故自山召至州郭，留十数日，实能外形骸，以理自胜，不为事物侵乱；与之语，虽不尽解，要自胸中无滞碍；以为难得，因与来往。及祭神至海上，遂造其庐。及来袁州[7]，留衣服为别。乃人之情，非崇信其法，求福田利益也[8]。孔子云："丘之祷久矣[9]。"凡君子行己立身，自有法度，圣贤事业，具在方册[10]，可效可师，仰不愧天，俯不愧人，内不愧心，积善积恶，殃庆自[11]各以其类至，何有去圣人之道，舍先王之法，而从夷狄之教，以求福利也！《诗》不云乎："恺悌君子，求福不回[12]。"《传》又曰："不为威惕，不为利疚。"[13]假如释氏能与人为祸祟，非守道君子之所惧也，况万万无此理。且彼佛者，果何人哉？其行事类君子邪，小人邪？若君子也，必不妄加祸于守道之人，如小人也，其身已死，其鬼不灵，天地神祇[14]，昭布森列，非可诬也，又肯令其鬼行胸臆作威福于其间哉；进退无所据而信奉之，亦且惑矣！

且愈不助释氏而排之者，其亦有说。孟子云："今天下不之杨，则之墨[15]。”杨墨交乱，而圣贤之道不明，则三纲沦而九法斁[16]，礼乐崩而夷狄横，几何其不为禽兽也！故曰：“能言拒杨墨者，皆圣人之徒也。”[17]扬子云云：“古者杨墨塞路，孟子辞而辟之，廓如也[18]。”夫杨墨行，正道废，且将数百年，以至于秦，卒灭先王之法，烧除其经[19]，坑杀学士[20]，天下遂大乱。及秦灭，汉兴且百年，尚未知修明先王之道，其后始除挟书之律[21]，稍求亡书，招学士；经虽少得，尚皆残缺，十亡二三，故[22]学士多老死，新者不见全经，不能尽知先王之事，各以所见为守，分离乖隔，不合不公，二帝三王群圣人之道，于是大坏。后之学者，无所寻逐，以至于今泯泯也[23]，其祸出于杨墨肆行而莫之禁故也。孟子虽贤圣，不得位，空言无施，虽切何补；然赖其言，而今学者尚知宗孔氏，崇仁义，贵王贱霸而已；其大经大法，皆亡灭而不救，坏烂而不收，所谓存十一于千百，安在其能廓如也！然向无孟氏，则皆服左衽而言侏离矣[24]，故愈尝推尊孟氏，以为功不在禹下者为此也。汉氏已来，群儒区区修补，百孔千疮，随乱随失，其危如一发引千钧[25]，绵绵延延，浸[26]以微灭，于是时也，而唱释老于其间，鼓天下之众而从之。呜呼，其亦不仁甚矣！释老之害，过于杨墨，韩愈之贤，不及孟子，孟子不能救之于未亡之前，而韩愈乃欲全之于已坏之后，呜呼，其亦不量其力，且见其身之危，莫之救以死也！虽然，使其道由愈而粗传，虽灭死，万万无恨，天地鬼神，临之在上，质之在傍，又安得因一摧折，自毁其道以从于邪也！

籍湜辈[27]虽屡指教，不知果能不叛去否！辱吾兄眷厚，而不获承命，惟增惭惧，死罪！死罪！愈再拜。

---

①孟尚书：名简，字几道，以其为工部尚书，故称。 ②行官：唐节镇州府有行官，供行役于四方。 ③吉州：今江西吉水。时简为吉州司马。 ④“数番”二字：一作“披读数番”。 ⑤“有人传”句：愈从潮僧大颠游，人疑其信佛，故简书及之。简本嗜佛者也。 ⑥潮州：今广东潮安县。愈以元和十四年，谏迎佛骨贬此。 ⑦袁州：今江西宜春。愈以元和十四年冬自潮州移袁州。 ⑧福田：释氏以敬三宝之德为敬田，报君父之恩为恩田，怜贫者为悲田，此三种谓之福田。 ⑨丘之祷久矣：孔子病，子路请祷，孔子答以此语。 ⑩方册：书籍也。 ⑪自：或本无“自”字。 ⑫恺悌君子，求福不回：《诗经·大雅·旱麓》篇语。恺悌：和易也。回：邪也。 ⑬“不为威惕”二句：《左传》哀公十六年昭公二十年文。疚：心内惭也。 ⑭祇：地神曰“祇”。 ⑮杨墨：指杨朱、墨翟之学。 ⑯三纲：君臣父子夫妇也。沦：没也。九法：九畴之法，谓治天下之大法，其类有九也。斁（dù）：败坏。 ⑰“能言拒杨墨者”二句：亦孟子语。⑱廓：大貌。 ⑲烧除其经：秦始皇从李斯之请，烧《诗》《书》百家语。 ⑳坑杀学士：秦始皇坑杀诸生四百六十余人于咸阳。㉑挟书之律：始皇下挟书之禁，禁私藏《诗》《书》百家语也，此律至汉惠帝四年始除去。 ㉒故：旧。 ㉓泯泯：犹茫茫。㉔左衽：衣襟左交，此指少数民族服饰。侏离：南方语声。㉕钧：古衡名，三十斤。 ㉖浸：渐。 ㉗籍湜：张籍、皇甫湜。

答吕医山人书

愈白：惠书责以不能如信陵执辔者①，夫信陵，战国公子，欲以取士声势倾天下而然耳，如仆者，自度若世无孔子，不当在弟子之列。以吾子始自山出，有朴茂之美意，恐未砻磨以世事，又自周后文弊，百子为书，各自名家②，乱圣人之宗，后生习传，杂而不贯③，故设问以观吾子；其已成熟乎，将以为友也，其未成熟乎，将以讲去其非而趋是耳，不如六国公子有市于道者也④。方今天下入仕，惟以进士明经⑤及卿大夫之世耳，其人率皆习熟时俗，工于语言，识形势，善候人主意；故天下靡靡⑥，日入于衰坏，恐不复振起，务欲进足下趋死，不顾利害去就之人于朝，以争救之耳，非谓当今公卿间，无足下辈文学知识也。不得以信陵比！

然足下衣破衣，系麻鞋，率然⑦叩吾门，吾待足下，虽未尽宾主之道，不可谓无意者。足下行天下，得此于人盖寡，乃遂能责不足于我，此真仆所汲汲求者⑧；议虽未中节，其不肯阿曲⑨以事人者，灼灼⑩明矣。方将坐足下三浴而三熏之⑪，听仆之所为，少安⑫无躁！愈顿首。

---

①信陵：魏昭王少子公子无忌，封为信陵君，好士，敬礼大梁

夷门监者侯嬴，亲为之执辔。愈以师道接引后进，山人与书，谓当如信陵执辔，借宾客以自重。　②名家：以专家之学著名也。③贯，或作“实”。　④不如六国公子有市于道者也：言非若六国公子欲以取士倾天下如市井交易之道，重利而忘义也。　⑤进士、明经：皆唐取士之科名，以诗赋取者，谓之进士，以经义取者，谓之明经。　⑥靡靡：相随顺之意。　⑦率然：轻遽之意。⑧汲汲：欲速之意。　⑨阿曲：阿附曲从。　⑩灼灼：明貌。⑪三浴、三熏：以香涂身曰“熏”。鲁归管仲于齐，及至，三熏三浴之，齐桓公亲迎诸郊。　⑫安：徐，缓。

与鄂州柳中丞书[①]

淮右[②]残孽，尚守巢窟，环寇之师[③]，殆且十万，瞋目语难[④]，自以为武人，不肯循法度，颉颃作气势，窃爵位自尊大者，肩相摩，地相属也；不闻有一人援枹[⑤]鼓誓众而前者，但日令走马来求赏给，助寇为声势而已。阁下书生也，《诗》《书》《礼》《乐》是习，仁义是修，法度是束，一旦去文就武，鼓三军而进之，陈师鞠旅[⑥]，亲与为辛苦，慷慨感激，同食下卒，将二州之牧[⑦]，以壮士气，斩所乘马，以祭踶死之士[⑧]，虽古名将，何以加兹！此由天资忠孝，郁于中而大作于外，动皆中于机会，以取胜于当世，而为戎臣师[⑨]；岂常习于威暴之事，而乐其斗战之危也哉！

愈诚怯弱、不适于用，听于下风[⑩]，窃自增气，夸于中朝[⑪]稠人广众会集之中，所以羞武夫之颜，令议者知将国兵而为人之司命者[⑫]，不在彼而在此也。临敌重慎诫轻出入，良用自爱，以副见慕之徒之心，而果为国立大功也！幸甚！幸甚！不宣。愈再拜。

---

①鄂州：今湖北武昌。柳中丞：名公绰，字宽，曾为御史中丞，故称。柳时为鄂岳观察使，诏令发兵五千隶安州刺史李听，助讨吴元

济，公绰以为朝廷轻己书生，不知兵，请自行，许之，愈因与此书。②淮右：唐宪宗时，申、光、蔡三州节度使吴少阳死，其子元济为逆，久而未平；其所据地在淮水之西，故曰淮右。 ③环寇之师：言在贼寇周围之官兵。 ④语难：语言辨难也。《庄子·说剑》："瞋目而语难。" ⑤桴：鼓槌。 ⑥陈师鞠旅：《诗经·小雅·采芑》篇语。二千五百人为师。五百人为旅。鞠：告也。言陈列师旅而誓告之。 ⑦二州：安州、黄州，岳鄂增领此二州。牧：官名，州曰牧，郡曰守。 ⑧踶（dì）：踢。公绰所乘马蹑杀圉人，公绰杀马以祭。 ⑨戎臣：武臣。师：法，楷模。 ⑩下风：在风之下向。言居下风而闻此，谦辞也。 ⑪中朝：指政府所在地。⑫为人之司命：将为人之司命，《孙子》语。

又一首

愈愚，不能量事势可否，比常念淮右以靡弊困顿三州之地①，蚊蚋②蚁虫之聚，感凶竖煦濡饮食之惠③，提童子之手坐之堂上④，奉以为帅，出死力以抗逆明诏，战天下之兵，乘机逐利，四出侵暴，屠烧县邑，贼杀不辜，环其地数千里，莫不被其毒，洛汝襄荆许颍淮江，为之骚然⑤；丞相公卿士大夫，劳于图议，握兵之将，熊罴貙⑥虎之士，畏懦蹴蹜⑦，莫肯杖戈为士卒前行者。独阁下奋然率先，扬兵界上，将二州之守⑧，亲出入行间，与士卒均辛苦，生其气势，见将军之锋颖，凛然有向敌之意，用儒雅文字章句之业，取先天下武夫，关其口而夺之气。愚初闻时，方食，不觉弃匕箸起立，岂以为阁下真能引孤军单进，与死寇角逐，争一旦侥幸之利哉？就令如是，亦不足贵，其所以服人心，在行事适机宜，而风采可畏爱故也。是以前状辄述鄙诚，眷惠手翰还答，益增欣悚。

夫一众人心力耳目，使所至如时雨⑨，三代用师，不出是道，阁下果能充其言，继之以无倦，得形便之地，甲兵足用，虽国家故所失地，旬岁⑩可坐而得，况此小寇，安足置齿牙间！勉而卒之，以俟其至，幸甚！

夫远征军士，行者有羁旅离别之思，居者有怨旷骚动之忧，本军有馈饷烦费之难，地主多姑息形迹之患，急之则怨，缓之则不用命，浮寄孤悬，形势销弱，又与贼不相谙委⑪，临敌恐骇，难以有功；若召募土人，必得豪勇，与贼相熟，知其气力所极，无望风之惊，爱护乡里，勇于自战。征兵满万，不如召募数千，阁下以为何如？傥可上闻行之否⑫？计已与裴中丞相见⑬，行营事宜，不惜时赐示及，幸甚！不宣。愈再拜。

---

①三州：指申、光、蔡三州，时割据反唐。　②蜹（ruì）：一种昆虫。形略似蜂，螫人。　③凶竖：谓少阳。煦：口中吐气，见《庄子》。　④童子：吴元济，时年二十余耳。　⑤“奉以为帅……为之骚然”句：元济引兵屠舞阳，焚叶县，攻掠鲁山、襄城、汝州、许州、翟阳，被害者亘千余里。　⑥貙（chū）：兽名，大如狗，纹如貍。　⑦蹴蹜：举足促迫。　⑧二州：蕲州、黄州。⑨所至如时雨：仁人之兵，如时雨之降，莫不喜悦，语见《荀子》。⑩岁：或作“月”，又作“序”。　⑪谙委：了解、熟悉之意。

⑫傥可上闻行之否：愈尝以此意状论淮西事宜。　⑬裴中丞：指裴度，时遣视淮西行营。

序

送孟东野序

大凡物不得其平则鸣。草木之无声，风挠①之鸣；水之无声，风荡之鸣。其跃也，或激之；其趋也，或梗之；其沸也，或炙之。金石之无声，或击之鸣。人之于言也亦然，有不得已者而后言，其歌也有思，其哭也有怀，凡出乎口而为声者，其皆有弗平者乎。

乐也者，郁于中而泄于外者也，择其善鸣者而假之鸣；金、石、丝、竹、匏、土、革、木八者，物之善鸣者也。维天之于时也亦然，择其善鸣者而假之鸣；是故以鸟鸣春，以雷鸣夏，以虫鸣秋，以风鸣冬，四时之相推敚②，其必有不得其平者乎。其于人也亦然，人声之精者为言，文辞之于言，又其精也，尤择其善鸣者而假之鸣。

其在唐、虞，咎陶、禹其善鸣者也，而假以鸣。夔弗能以文辞鸣，又自假于韶以鸣③。夏之时，五子以其歌鸣④。伊尹鸣殷。周公鸣周。凡载于《诗》《书》六艺，皆鸣之善者也。周之衰，孔子之徒鸣之，其声大而远，《传》曰："天将以夫子为木铎⑤。"其弗信矣乎。其末也，庄周以其荒唐之辞鸣⑥。

楚，大国也，其亡也，以屈原鸣[7]。臧孙辰[8]、孟轲、荀卿，以道鸣者也。杨朱、墨翟、管夷吾、晏婴、老聃、申不害、韩非、昚到、田骈、邹衍、尸佼、孙武、张仪、苏秦之属[9]，皆以其术鸣。秦之兴，李斯鸣之[10]。汉之时，司马迁、相如、扬雄，最其善鸣者也。其下魏晋氏，鸣者不及于古，然亦未尝绝也；就其善[11]者，其声清以浮，其节数以急，其辞淫以哀，其志弛以肆，其为言也，乱杂而无章[12]，将天丑其德，莫之顾邪？何为乎不鸣其善鸣者也？

唐之有天下，陈子昂、苏源明、元结、李白、杜甫、李观，皆以其所能鸣[13]。其存而在下者，孟郊东野，始以其诗鸣，其高出魏晋，不懈而及于古，其他浸淫乎[14]汉氏矣。从吾游者，李翱、张籍其尤也。三子者之鸣信善矣，抑不知天将和其声，而使鸣国家之盛邪？抑将穷饿其身，思愁其心肠，而使自鸣其不幸邪？三子者之命则悬乎天矣。其在上也奚以喜，其在下也奚以悲，东野之役于江南也[15]，有若不释然者，故吾道其命于天者以解之。

---

①挠（náo）：扰。　②敚：古“夺”字。推敚：强取。③夔：舜之乐官。《韶》：舜乐曲名。　④五子以其歌鸣：夏帝太康失德，其弟五人作歌以讽，《尚书》有《五子之歌》篇。⑤“《传》曰”句：语见《论语》。木铎：金口木舌，施政教时振以警众。言天将使振文教于天下。　⑥庄周以其荒唐之辞鸣：庄周著书名《庄子》，言多荒唐。荒唐：广大也，谓其言无根。

⑦屈原：楚忠臣，被谗见放，作《离骚》《九歌》。　⑧臧孙辰：鲁公族大夫。　⑨申不害：法家之祖，为韩昭侯相，著有《申子》。韩非：韩诸公子，善刑名之学，著书曰《韩非子》。昚：古“慎”字。昚到：在申、韩前，善刑名，有书四十二篇。田骈：齐人，邹衍：齐人，皆善谈论。尸佼：鲁人，商君师之。孙武：齐人，有《孙子兵法》十三篇。　⑩李斯：秦始皇相。　⑪善：“善”字下一有“鸣”字。　⑫章：法度。　⑬陈子昂：字伯玉，善属文，时承徐庾遗风，至子昂始归雅正，海内皆推宗之，愈论文，在唐必首称子昂。苏源明：字弱夫，工文辞。元结：字次山，著有《次山集》。李观：字元宾，属文不袭前人，有文集行世。

⑭浸淫：以渐而入。　⑮东野之役于江南：东野时调升州溧阳（今江苏）尉。

送窦从事序[1]

逾瓯闽而南[2]，皆百越之地[3]，于天文，其次星纪[4]，其星牵牛[5]，连山隔其阴[6]，钜海敌其阳[7]，是维岛居卉服之民[8]，风气之殊，著自古昔。唐之有天下，号今之所加，无异于远近，民俗既迁，风气亦随，雪霜时降，疠疫不兴，濒[9]海之饶，固加于初，是以人之之南海者[10]，若东西州焉。

皇帝临天下二十有二年，诏工部侍郎赵植为广州刺史[11]，尽牧南海之民。署从事扶风窦平[12]。平以文辞进，于其行也，其族人殿中侍御史牟[13]，合东都交游之能文者二十有八人[14]，赋诗以赠之。于是昌黎韩愈[15]嘉赵南海之能得人，壮从事之答于知我[16]，不惮行之远也；又乐贻周之爱其族叔父，能合文辞以宠荣之，作《送窦从事少府平序》[17]。

---

①窦从事：名平，贞元五年进士。刺史佐吏称从事，平为赵植所署往广州，故称。　②瓯：故浙江温州。闽：故福建泉州。③百越：种族名，古江浙闽粤之地，皆越族所居，谓之百越。④次星辰运行的位次曰次。星纪：星次名，与斗宿及牵牛星相当。⑤牵牛：古人将天上二十八宿分别对应地面上的州、国，称为分野。越地为牵牛、婺女之分野。　⑥连山：连州西南百五十里之黄连

岭。阴：山北。　⑦敌：对，当。本或作“敞”，较长。阳：山南。广州南临大海。　⑧维：或作“皆”。居：或作“夷”。卉服：草服。《尚书·禹贡》：“岛夷卉服。”　⑨濒：水涯。⑩南海：秦置南海郡，地跨今广东、广西两省。　⑪皇帝：德宗。德宗即位，年号称建中者四年，称兴元者一年，后称贞元。贞元十七年，以植充岭南节度使。　⑫扶风：今为陕西属县。窦平：扶风人。殿中侍御史，居殿中，察非法。　⑬牟：窦牟。字贻周，贞元二年进士。　⑭东都：牟为东都留守判官。　⑮昌黎：唐县，故城在今河北。　⑯我：或作“己”。　⑰少府：县尉之别称。愈时自徐州休居东都。

送李愿归盘谷序[1]

太行之阳[2]有盘谷，盘谷之间，泉甘而土肥，草木丛茂，居民鲜少。或曰："谓其环两山之间，故曰盘。"或曰："是谷也，宅[3]幽而势阻，隐者之所盘旋。"友人李愿居之。

愿之言曰："人之称大丈夫者，我知之矣：利泽施于人，名声昭于时；坐于庙朝，进退百官，而佐天子出令；其在外，则树旗旄[4]，罗弓矢，武夫前呵，从者塞途，供给之人，各执其物，夹道而疾驰；喜有赏，怒有刑；才畯[5]满前，道古今而誉盛德，入耳而不烦；曲眉丰颊，清声而便[6]体，秀外而惠中，飘轻裾[7]，翳长袖，粉白黛[8]绿者，列屋而闲居，妒宠而负恃，争妍而取怜；大丈夫之遇知于天子，用力于当世者之所为也，吾非恶此而逃之，是有命焉，不可幸而致也。穷居而野处，升高而望远，坐茂树以终日，濯清泉以自洁，采于山，美可茹[9]，钓于水，鲜[10]可食，起居无时，惟适之安；与其有誉于前，孰若无毁于其后，与其有乐于身，孰若无忧于其心；车服不维[11]，刀锯不加，理乱不知，黜陟不闻；大丈夫不遇于时者之所为也，我则行之。伺候于公卿之门，奔走于形势之途，足将进而趑趄[12]，口将言而嗫嚅[13]，处秽污而不羞，触刑辟而诛戮，徼幸于万一，老死而后止者，其于为人贤不肖何如也？"

昌黎韩愈闻其言而壮之，与之酒而为之歌曰：“盘之中，维子之宫，盘之土，可以稼[14]；盘之泉，可濯可沿[15]；盘之阻[16]，谁争子所。窈[17]而深，廓其有容；缭[18]而曲，如往而复。嗟盘之乐兮，乐且无殃[19]；虎豹远迹兮，蛟龙遁藏；鬼神守护兮，呵禁不祥[20]；饮则食兮寿而康；无不足兮奚所望？膏吾车兮秣吾马[21]，从子于盘兮，终吾生以徜徉[22]。”

---

①李愿：字号不祥，或谓唐功臣李晟之子，乃名姓偶同，非是。盘谷：地名，在今河南济源县北。愿向居盘谷，官至武宁节度使，以罪去职，遂归隐不仕，愈因作序送之。 ②太行：山名，连亘今河南、山西及河北界。阳：山南。 ③宅：处。 ④旄：旗类，以牦牛尾着竿首，故名。 ⑤畯：或作“俊”。 ⑥便：安。 ⑦裾：衣之前襟。 ⑧黛：深青色。 ⑨茹：食。 ⑩鲜：小鱼。 ⑪维：系。 ⑫趑趄（zī jū），行不进貌。 ⑬嗫嚅（niè rú）：不敢出声。 ⑭稼：种禾曰“稼”。一作“维子之稼”。 ⑮濯：洗。沿：缘水而下；一作“湘”，烹也。 ⑯阻：屈折。 ⑰窈：深。 ⑱缭：即绕曲之义。 ⑲殃：或作“央”。 ⑳呵禁：呵止。不祥：谓鬼魅之属。 ㉑膏：以脂涂辖。秣：喂马。 ㉒徜徉：逸荡。

送董邵南序[①]

燕赵古称多感慨悲歌之士[②]，董生举进士，连不得志于有司，怀抱利器，郁郁适兹土，吾知其必有合也，董生勉乎哉！夫以子之不遇时，苟慕义强仁[③]者皆爱惜焉，矧燕赵之士出乎其性者哉！

然吾尝闻风俗与化移易，吾恶知其今不异于古所云邪[④]？聊以吾子之行卜之也。董生勉乎哉！吾因子有所感矣。为我吊望诸君之墓[⑤]，而观于其市，复有昔时屠狗者乎[⑥]？为我谢曰：“明天子在上，可以出而仕矣[⑦]。”

---

①董邵南：董邵南不得志而往河北，时河北诸镇多跋扈，愈不以董往为然，故作此讽其不去。　②悲歌之士：指荆轲、高渐离等。　③强仁：勉强行仁。　④“吾恶知”句：古所云，即指上文所云，燕赵多感慨悲歌之士。　⑤望诸君：乐毅去燕之赵，赵封之观津，号曰望诸君。其墓在邯郸西南二十余里。　⑥屠狗者：高渐离为屠狗者，荆轲与相友善。　⑦“明天子在上”二句：燕赵之士，夙性不屈，尚可出仕，则董之不必往，自意在言外。

赠崔复州序[1]

有地数百里，趋走之吏，自长史司马已下数十人[2]，其禄足以仁其三族[3]，及其朋友故旧；乐乎心，则一境之人喜，不乐乎心，则一境之人惧；丈夫官至刺史亦荣矣！虽然，幽远之小民，其足迹未尝至城邑[4]，苟有不得其所，能自直于乡里之吏者鲜矣，况能自辨于县吏乎！能自辨于县吏者鲜矣，况能自辨于刺史之庭乎！由是刺史有所不闻，小民有所不宣[5]，赋有常而民产无恒，水旱疠疫之不期[6]，民之丰约悬于州，县令不以言，连帅不以信[7]，民就穷而敛愈急，吾见刺史之难为也。

崔君为复州，其连帅则于公[8]，崔君之仁，足以苏复人，于公之贤，足以庸[9]崔君，有刺史之荣而无其难为者，将在于此乎！愈尝辱于公之知，而旧游于崔君，庆复人之将蒙其休泽也，于是乎言[10]。

---

①崔复州：名未详，以其为复州刺史，故称。一说名讦，不知所本。唐复州治竟陵县，县故城在今湖北天门西北。文为于頔重敛而作。　②长史、司马：刺史之佐。唐制，每州刺史而下，长史一人，司马一人，其下有录事参军、六司参军、文学、医学博士等；刺史领使，且置副使推官衙官将官等。　③仁：惠利。三族：父

族、母族、妻族。　④城邑：郡邑。　⑤不宣：不得自宣达。⑥不期：不可期。　⑦连帅：谓节度使。　⑧于公：于頔，字允元，时为山南东道节度使，复州隶焉。　⑨庸：信用。⑩文赠复州，实讽于公。

送廖道士序[①]

五岳于中州[②]，衡山最远；南方之山，巍然高而大者以百数，独衡为宗；最远而独为宗，其神必灵。衡之南八九百里，地益高，山益峻，水清而益驶；其最高而横绝南北者岭[③]。郴之为州[④]，在岭之上，测其高下，得三之二焉[⑤]，中州清淑之气，于是焉穷；气之所穷，盛而不过，必蜿蟺扶舆，磅礴而郁积[⑥]。衡山之神既灵，而郴之为州，又当中州清淑之气，蜿蟺扶舆，磅礴而郁积，其水土之所生，神气之所感，白金、水银、丹砂、石英、钟乳[⑦]、橘柚之包[⑧]，竹箭之美[⑨]，千寻之名材[⑩]，不能独当也，意必有魁奇忠信材德之民生其间，而吾又未见也，其无乃迷惑溺没于老佛之学而不出邪？

廖师郴民，而学于衡山，气专而容寂，多艺而善游，岂吾所谓魁奇而迷溺者邪？廖师善知人，若不在其身，必在其所与游，访之而不吾告，何也？于其别，申以问之。

---

①《送廖道士序》：愈自阳山徙江陵，路经衡山而作。　②五岳：中岳嵩山，东岳泰山，西岳华山，北岳恒山及南岳衡山。中州：中土之意。　③岭：谓五岭。　④郴：今湖南郴州，唐为州。⑤得三之二：谓州得岭三之二之高度。　⑥蜿蟺：盘屈摇动貌。

扶舆：犹扶摇。磅礴：犹混同。一说蜿蟺扶舆磅礴郁积，皆气积之貌。　⑦白金：银。丹砂：朱砂。石英：矿物中宝石之类。钟乳：泉水由岩隙下滴，其所含石灰质日久而凝结，状如钟之乳，故名，又称石钟乳。　⑧包：裹。《尚书·禹贡》："厥包橘柚。"⑨竹箭：竹之小者曰"箭"。　⑩寻、材：八尺曰"寻"。材：木材。

送王秀才序[①]

吾少时读《醉乡记》[②]，私怪隐居者无所累于世，而犹有是言[③]，岂诚旨于味邪[④]？及读阮籍、陶潜诗[⑤]，乃知彼虽偃蹇[⑥]，不欲与世接，然犹未能平其心，或为事物是非相感发。于是有托而逃焉者也[⑦]。若颜氏子操瓢与箪[⑧]，曾参歌声若出金石[⑨]，彼得圣人而师之，汲汲[⑩]每若不可及，其于外也固不暇，尚何曲糵之托[⑪]而昏冥之逃邪？吾又以为悲醉乡之徒不遇也[⑫]！建中初，天子嗣位[⑬]，有意贞观、开元之丕绩[⑭]，在廷之臣争言事，当此时，醉乡之后世，又以直废[⑮]。

吾既悲醉乡之文辞，而又嘉良臣之烈，思识其子孙，今子之来见我也，无所挟[⑯]，吾犹将张之，况文与行不失其世守[⑰]，浑然端且厚；惜乎吾力不能振之，而其言不见信于世也！于其行，姑与之饮酒。

---

①王秀才：名含。　②《醉乡记》：隋末大儒王绩（王秀才乃王绩之后）所作。　③“私怪隐居者”句：《醉乡记》历言古来有欲至其地而未得，而已将往游云，本文言既为隐士，世皆不能累之，何故必欲往游。　④味：言岂真以酒味为甘。　⑤阮籍：字嗣宗；陶潜：一名渊明，字元亮。皆晋人，嗜酒工诗，放浪形骸。

⑥彼：指王绩。偃蹇：傲慢之意。　⑦托而逃：因阮陶而推知王实心有不平，故托酒以逃。　⑧箪（dān）：竹器。《论语》："贤哉回也！一箪食，一瓢饮，人不堪其忧，回也不改其乐。"　⑨曾参歌声若出金石：曾参歌《商颂》，声满天地，若出金石。见《庄子》。　⑩汲汲：欲速之意。　⑪曲蘖：酒母。　⑫"吾又以为"句：因不平而放浪自托，固不失为高士，但圣贤之徒，营道不暇，乐天不忧，无所谓无聊不平，而欲有托以自放，故以醉乡之不遇孔子为可悲。　⑬天子嗣位：德宗即位，改代宗大历年号为建中。　⑭贞观：太宗年号；开元：玄宗年号。在当时称为治世。丕：大。德宗立，命官司举贞观开元之烈。　⑮直废：建中初，醉乡后世或有以直废之事，而史失之，无可考。　⑯无所挟：犹言即无足称。　⑰文：应《醉乡》之文辞。行：应良臣之烈。

送王秀才序

吾常以为孔子之道，大而能博，门弟子不能遍观而尽识也，故学焉而皆得其性之所近；其后离散，分处诸侯之国①，又各以所能授弟子，原远而末益分。盖子夏之学，其后有田子方②，子方之后，流而为庄周，故周之书，喜称子方之为人③。荀卿之书，语圣人必曰孔子、子弓④，子弓之事业不传，惟《太史公书》《弟子传》⑤，有姓名字曰“馯臂子弓”⑥；子弓受《易》于商瞿⑦孟轲师子思⑧，子思之学，盖出曾子⑨；自孔子没，群弟子莫不有书，独孟轲氏之传得其宗⑩，故吾少而乐观焉。

太原⑪王埙示予所为文，好举孟子之所道者⑫；与之言，信悦孟子，而屡赞其文辞。夫沿河而下，苟不止，虽有迟疾，必至于海，如不得其道也，虽疾不止，终莫幸而至焉，故学者必慎其所道，道于杨、墨、老、庄、佛之学，而欲之圣人之道，犹航断港绝潢⑬以望至于海也，故求观圣人之道，必自孟子始；今埙之所由，既几于知道，如又得其船与楫，知沿而不止，呜呼，其可量也哉！

---

①分处诸侯之国：宰我仕齐，子贡、冉有、子游仕鲁，季路仕卫，子夏仕魏等，皆孔门弟子散处诸国之证。　②田子方：名无

择，魏文侯师之。　③喜称子方之为人：《庄子·天下》叙诸子不及子方，外编以《田子方》名篇，亦不过篇首一引，谓庄源于田，殊未可信。　④孔子、子弓：如《荀子》《非十二子》《儒效》等篇，皆以仲尼、子弓连称。　⑤《弟子传》：《史记》有《仲尼弟子传》。　⑥馯（hàn）：姓，臂名，子弓字。《史记》作子弘，《汉书》作子弓。　⑦商瞿：字子木，鲁人，受《易》于孔子。此段与前段，以子夏、商瞿陪出曾子，以田子方、子弓陪出孟子。　⑧子思：孔子孙，名伋。　⑨子思之学，盖出曾子：子思独传孔门心法，作《中庸》以述父师之意，后世称为述圣。　⑩宗：宗旨。　⑪太原：今属山西。　⑫道：趋。　⑬潢：积水池。

送幽州李端公序[①]

元年[②]，今相国李公为吏部员外郎[③]，愈尝与偕朝，道语幽州司徒公[④]之贤，曰："某前年被诏告礼幽州[⑤]，入其地，迓劳之使里至[⑥]，每进益恭[⑦]。及郊，司徒公红帓首[⑧]、靴袴、握刀，左右杂佩[⑨]，弓韔服[⑩]，矢插房[⑪]，俯立迎道左，某礼辞曰：'公天子之宰，礼不可如是！'及府，又以其服即事，某又曰：'公三公[⑫]，不可以将服[⑬]承命！'卒不得辞[⑭]。上堂即客阶，坐必东向。"愈曰："国家失太平，于今六十年矣，夫十日十二子相配，数穷六十[⑮]，其将复平，平必自幽州始，乱之所出也[⑯]；今天子大圣，司徒公勤于礼，庶几帅先河南北之将，来觐奉职如开元时乎[⑰]！"李公曰："然。"今李公既朝夕左右[⑱]，必数数为上言，元年之言殆合矣。

端公岁时来寿其亲东都[⑲]，东都之大夫士莫不拜于门。其为人佐甚忠[⑳]，意欲司徒公功名流千万岁，请以愈言为使归之献！

---

①幽州：地在河北。李端公：名益，字君虞，曾为使府御史，唐人称御史为端公。时为幽州、卢龙节度使刘济府从事，来东都，愈时官洛阳，于其归，作此以送之，勉其使济奉臣职。　②元年：

元和元年。　③李公：名藩，字叔翰，元年为吏部员外郎，四年自给事中拜相。　④司徒：刘济于贞元二十一年检校司徒。　⑤告礼幽州：贞元二十一年正月，德宗崩，藩为告哀副使，使至幽州，正使为杨于陵。　⑥里至：谓每进一里，即来一使迎接。里，或作“累”。　⑦每进益恭：言藩行益进，济礼益恭。　⑧红帓（mò）首：指头裹红巾。　⑨左右杂佩：言左右皆有佩饰之物。⑩服：弓袋。韔：亦弓室，此处作动词，藏纳之意。　⑪房：所以盛矢。　⑫三公：司马、司空、司徒。　⑬将服：将士之服。⑭卒不得辞：此句总上两次辞谢。　⑮十日：天干。十二子：地支。干支相配，首为甲子，至六十年而数穷，复为甲子。　⑯乱之所出：天宝十四年，范阳节度使安禄山反，范阳，幽州，其年岁在乙未，至元和九年甲子数穷，明年又为乙未，一甲子终。⑰开元：玄宗年号。其时天下承平，诸藩奉职惟谨。　⑱李公既朝夕左右：谓藩为相。　⑲端公句：益父时官洛阳。　⑳为人佐甚忠：此指益为幽州从事。

送区册序[1]

阳山[2]，天下之穷处也。陆有丘陵之险，虎豹之虞。江流悍急，横波之石，廉利侔剑戟[3]，舟上下失势，破碎沦溺者[4]，往往有之。县郭无居民。官无丞尉。夹江荒茅篁竹之间[5]，小吏十余家，皆鸟言夷面[6]；始至，言语不通，画地为字，然后可告以出租赋，奉期约。是以宾客游从之士，无所为而至。愈待罪于斯，且半岁矣[7]。

有区生者，誓言相好，自南海挐舟而来[8]，升自宾阶[9]，仪观甚伟；坐与之语，文义卓然。庄周云："逃空虚者，闻人足音跫然而喜矣[10]。"况如斯人者，岂易得哉！入吾室，闻《诗》《书》仁义之说，欣然喜，若有志于其间也。与之翳嘉林[11]，坐石矶，投竿而渔，陶然以乐[12]，若能遗外声利，而不厌乎贫贱也。

岁之初吉[13]，归拜其亲[14]，酒壶既倾，序以识别。

---

①区（ōu）：姓。　②阳山：县名，今属广东。　③廉：有棱角。利：锐利。侔：齐等。　④沦：没。　⑤荒茅：茅草丛。篁竹：竹丛。　⑥鸟言：语声如鸟。难懂。夷面：貌不似中国人。　⑦半岁：愈于贞元二十年贬阳山令。　⑧南海：今广

东番禺。挐：同“拿”，牵引。 ⑨宾阶：西阶。 ⑩“庄周云”句：语见《庄子·徐无鬼》篇。跫（qióng）然：足行声。 ⑪翳：隐。嘉林：善林。 ⑫陶然：乐貌。 ⑬初吉：犹言岁首，指贞元二十一年正月。 ⑭拜，或作“觐”。

送高闲上人序[1]

苟可以寓其巧智，使机应于心，不挫于气，则神完而守固，虽外物至，不胶[2]于心。尧、舜、禹、汤治天下，养叔治射[3]，庖丁治牛[4]，师旷治音声[5]，扁鹊治病[6]，僚之于丸[7]，秋之于弈[8]，伯伦之于酒[9]，乐之终身不厌，奚暇外慕！夫外慕徙业者，皆不造其堂，不哜其胾者也[10]。

往时张旭善草书[11]，不治他伎，喜怒窘穷，忧悲愉佚，怨恨思慕酣醉，无聊不平，有动于心，必于草书焉发之；观于物，见山水崖谷，鸟兽虫鱼，草木之花实，日月列星，风雨水火，雷霆霹雳，歌舞战斗，天地事物之变，可喜可愕，一寓于书[12]；故旭之书，变动犹鬼神，不可端倪[13]，以此终其身而名后世。

今闲之于草书，有旭之心哉[14]？不得其心，而逐其迹，未见其能旭也。为旭有道，利害必明，无遗锱铢[15]，情[16]炎于中，利欲斗进，有得有丧，勃然不释，然后一决于书，而后旭可几也；今闲师浮屠氏[17]，一死生，解外胶，是其为心必泊然无所起，其于世必淡然无所嗜，泊与淡相遭，颓堕委靡，溃败不可收拾，则其于书，得无象之然乎[18]！然吾闻浮屠人善幻，多技能，闲如通其术，则吾不能知矣[19]。

①高闲：浙江湖州人，精于书，唐宣宗甚恩遇焉。　②胶：乱。　③养叔：养由基，楚人。善射，去柳叶百步射之，百发百中。　④庖丁治牛：庖丁为文惠君解牛，其技甚精，见《庄子·养生》篇。　⑤师旷：乐师名旷，字子野，晋平公时人，精于音乐。　⑥扁鹊：姓秦，名越人，晋昭公时人，为名医。　⑦僚：姓熊，名宜僚，春秋时楚勇士。丸：弹丸也。　⑧秋：人名，精于弈，见《孟子》。　⑨伯伦：晋刘伶，最嗜酒。　⑩哜（jì）：尝。胾（zì）：大块肉。　⑪张旭：唐吴人，字伯高，善草书，世号张颠，又称草圣。　⑫一寓于书：旭尝言见公主担夫争道，又闻鼓吹而得笔法意，观倡公孙舞剑器得其神。　⑬端：绪；倪：畔。谓不可测其端倪。　⑭有旭之心哉：怀疑之辞。⑮锱铢：皆古衡名，铢轻而锱重，然均微甚，故以为轻微之喻。⑯情：或作“精”。　⑰浮屠氏：佛教。　⑱“得无象之然乎”句：谓得无但逐其迹。　⑲“然吾闻”句：言人有不平之心，郁久而发，其气必勇，技必精，今高闲既无是心，则其技亦溃败委靡而不能奇，但恐其善幻多技，则不可知矣。

送杨少尹序[1]

昔疏广、受二子以年老，一朝辞位而去[2]，于时公卿设供张[3]，祖道都门外[4]，车数百两，道路观者，多叹息泣下，共言其贤；汉史既传其事，而后世工画者，又图其迹[5]，至今照人耳目，赫赫若前日事。

国子司业杨君巨源方以能诗训后进[6]，一旦以年满七十，亦白丞相，去归其乡[7]，世常说古今人不相及，今杨与二疏，其意岂异也？予忝在公卿后，遇病不能出，不知杨侯去时，城门外送者几人？车几两？马几疋？道边观者，亦有叹息知其为贤以否[8]？而太史氏又能张大其事，为传继二疏踪迹否？不落莫否？见今世无工画者，而画与不画，固不论也。然吾闻杨侯之去，丞相[9]有爱而惜之者，白以为其都少尹，不绝其禄[10]，又为歌诗以劝之，京师之长于诗者，亦属而和之，又不知当时二疏之去，有是事否？古今人同不同，未可知也。

中世士大夫，以官为家，罢则无所于归，杨侯始冠，举于其乡，歌《鹿鸣》而来也[11]，今之归，指其树曰："某树，吾先人之所种也；某水某丘，吾童子时所钓游也。"乡人莫不加敬，诫子孙以杨侯不去其乡为法。古之所谓"乡先生没而可祭于社"者，其在斯人欤！其在斯人欤！

①杨少尹：名巨源，字景山。　②一朝辞位而去：疏广为汉宣帝时太子太傅，兄子受为少傅，同时上疏乞归。一说，“二子”当作“父子”。　③供张：供具张设。　④祖道：饯行。　⑤图其迹：晋顾恺之、梁张僧繇并画《群公祖二疏图》。　⑥国子司业：官名。　⑦去归其乡：返还故乡河中。　⑧以：与“与”通。　⑨丞相：谓河中节度使。　⑩都少尹：唐时河中为中都，此处“都”指河中。少尹：唐官名，唐诸都各置尹一人，少尹二人，少尹掌贰府州之事。唐朝官致仕，常给半禄，此加少尹，得全禄。　⑪《鹿鸣》：《诗经》篇名。唐时宴乡贡，用少牢，歌《鹿鸣》之章。

送温处士赴河阳军序[1]

伯乐一过冀北之野，而马群遂空；夫冀北马多天下，伯乐虽善知马，安能空其群邪？解之者曰："吾所谓空，非无马也，无良马也，伯乐知马，遇其良，辄取之，群无留良焉，苟无良，虽谓无马，不为虚语矣。"

东都固士大夫之冀北也，恃才能深藏而不市者，洛之北涯曰石生，其南涯曰温生[2]。大夫乌公以铁钺镇河阳之三月[3]，以石生为才，以礼为罗，罗而致之幕下[4]；未数月也，以温生为才，于是以石生为媒，以礼为罗，又罗而致之幕下。东都虽信多才士，朝取一人焉，拔其尤，暮取一人焉，拔其尤，自居守河南尹[5]以及百司之执事，与吾辈二县之大夫[6]，政有所不通，事有所可疑，奚所咨而处焉？士大夫之去位而巷处者，谁与嬉游？小子后生，于何考德而问业焉？搢绅[7]之东西行过是都者，无所礼于其庐；若是而称曰："大夫乌公一镇河阳，而东都处士之庐无人焉，岂不可也？"夫南面而听天下，其所托重而恃力者，惟相与将耳；相为天子得人于朝廷，将为天子得文武士于幕下，求内外无治，不可得也。

愈縻于兹[8]，不能自引去，资二生以待老，今皆为有力者夺之，其何能无介然于怀邪[9]？生既至，拜公于军门，其为吾以前所称为天下贺，以后所称为吾致私怨于尽取也！留守相公首为四韵诗歌其事，愈因推其意而序之。

---

①温处士：名造，字简舆。元和五年，乌重裔为河阳军节度使，乌征温于幕，愈作此送之，有薄其轻出意。 ②石生：名洪，居洛水北涯，温生居洛水南涯，二人皆东都处士之秀。 ③铁钺：天子所赐，得此始得专征伐。乌以四月受诏镇河阳，此言三月，当在是年六七月间也。 ④石被征为参谋，愈亦作序送之，本编未选。 ⑤居守河南尹：此谓东都留守郑余庆。 ⑥二县：指唐之东都、郭下。愈时为河南令，故曰吾辈。 ⑦搢绅：仕宦之属。 ⑧愈縻于兹：言于此地为政。 ⑨无介然于怀：言不释于心。

送郑尚书序[1]

岭之南，其州七十，其二十二隶岭南节度府，其四十余分四府[2]，府各置帅；然独岭南节度为大府。大府始至，四府必使其佐启问起居，谢守地，不得即贺以为礼；岁时必遣贺问，致水土物；大府帅或道过其府，府帅必戎服，左握刀，右属[3]弓矢，帕首[4]袴靴，迎郊；及既至，大府帅先入据馆，帅守屏[5]，若将趋入拜庭之为者，大府与之为让，至一再，乃敢改服，以宾主见；适位执爵[6]，皆兴拜，不许，乃止；虔若小侯之事大国[7]。有大事，咨而后行。隶府之州，离府远者至三千里，悬隔山海，使必数月而后能至，蛮夷悍轻，易怨以变；其南州皆岸大海[8]，多洲岛，飒风一日踔数千里[9]，漫澜不见踪迹，控御失所，依险阻，结党仇[10]，机毒矢以待将吏，撞搪[11]呼号，以相和应，蜂屯蚁杂，不可爬梳[12]，好则人，怒则兽，故常薄其征入，简节而疏目，时有所遗漏，不究切之，长养以儿子，至纷不可治，乃草薙而禽狝之[13]，尽根株痛断，乃止。其海外杂国，若耽浮罗流求毛人夷亶之州[14]，林邑扶南真腊于陀利之属[15]，东南际天地以万数；或时候风潮朝贡，蛮胡贾人，舶[16]交海中。若岭南帅得其人，则一边尽治，不相寇盗贼杀，无风鱼之灾[17]，水旱疠毒之患，外国之货日至，珠香象犀玳瑁奇物，溢于中国，不可胜用；故选帅常重于他镇，非有文武威风，知大体，可畏信者，则不幸往往有事。

长庆三年[18]四月，以工部尚书郑公为刑部尚书，兼御史大夫，往践其任[19]。郑公尝以节镇襄阳[20]，又帅沧、景、德、棣[21]，历河南尹华州刺史[22]，皆有功德可称道。入朝，为金吾将军[23]、散骑常侍[24]、工部侍郎、尚书[25]，家属百人，无数亩之宅，僦屋以居[26]，可谓贵而能贫[27]，为仁者不富之效也[28]。及是命，朝廷莫不悦。将行，公卿大夫士苟能诗者，咸相率为诗[29]，以美朝政，以慰公南行之思；韵必以来字者，所以祝公成政而来归疾也[30]。

---

①郑尚书：名权。 ②四府：地在今两广及越南境。 ③属：着。 ④帕首：配戴头巾。 ⑤屏：犹墙。 ⑥适位：言就席。 ⑦虔若小侯之事大国：此句总上五节。 ⑧岸大海：谓显露大海中。 ⑨飒：与“帆”同。踔：疾行貌。 ⑩仇：对合。 ⑪撞搪：冲击。 ⑫爬梳：治理。 ⑬薙（tì）：除去野草。狝（xiǎn）：秋天打猎。 ⑭耽浮罗：古国名。流求：即琉球岛，今为日本所属。毛人：在大海中洲岛上，今地不详。夷州亶州：东海中日本海岛，孙权尝使浮海求之，卒不至，但得夷州数千人还。州，或作“洲”。 ⑮林邑：在今越南河内省南。扶南：在南海大湾中，今柬埔寨。真腊：中南半岛古国。于陀利：今之马六甲。 ⑯舶：大舟。 ⑰鱼：本或作“雨”，较是。 ⑱长庆：穆宗年号。 ⑲任：权以长庆三年四月为岭南节度使。

⑳襄阳：今湖北襄阳。权于元和十一年为山南东道节度使。　㉑沧：今属河北。景：唐蓨县，属河北。德：唐时治今山东陵县。棣：无棣县，唐属沧州，今为庆云县。权于元和十三年为德州刺史、德棣沧景节度使。　㉒华州：今属陕西。权自河南尹帅山南东道，为华州刺史。　㉓金吾将军：掌徼循京师，防御非常。元和十四年，权为右金吾卫大将军。　㉔散骑常侍：唐为显职，分左右，分隶中书门下二首。穆宗立，权为左散骑常侍。　㉕工部侍郎、尚书：长庆元年，权为工部侍郎。二年，迁工部尚书。　㉖僦：租赁。权豪侈，多姬妾，俸入不足用。　㉗可谓贵而能贫：语见《左传》襄公二十二年。　㉘为仁不富：语见《孟子》。传权因俸入不足用，賫缘求节镇，因得岭南，愈此语有讽意。　㉙相率为诗：愈亦有诗，本编不录。　㉚韵必以来字者句：当时如白居易、刘禹锡、张籍等所为诗，皆用“来”韵。后权终于岭南未归。

哀辞祭文

欧阳生哀辞[1]

欧阳詹世居闽越[2]，自詹已上，皆为闽越官，至州佐县令者，累累有焉。闽越地肥衍，有山泉禽鱼之乐，虽有长材秀民，通文书吏事，与上国齿者，未尝肯出仕。今上初[3]，故宰相常衮[4]为福建诸州观察使，治其地。衮以文辞进，有名于时，又作大官，临莅其民，乡县小民，有能诵书作文辞者，衮亲与之为客主之礼，观游宴飨，必召与之[5]；时未几，皆化翕然[6]。詹于时独秀出，衮加敬爱，诸生皆推服。闽越之人举进士由詹始[7]。

建中贞元间[8]，余就食江南[9]，未接人事，往往闻詹名闾巷间，詹之称于江南也久。贞元三年[10]，余始至京师举进士，闻詹名尤甚。八年春，遂与詹文辞同考试登第，始相识。自后詹归闽中，余或在京师他处，不见詹久者，惟詹归闽中时为然，其他时与詹离，率不历岁，移时则必合，合必两忘其所趋[11]，久然后去，故余与詹相知为深。詹事父母尽孝道，仁于妻子，于朋友义以诚，气醇以方，容貌嶷嶷然[12]，其燕私善谑以和，其文章切深，喜往复，善自道，读其书，知其于慈孝最隆也。

十五年冬，余以徐州从事朝正于京师[13]，詹为国子监四门助教[14]，将率其徒伏阙下，举余为博士，会监[15]有狱，不果上；观其心，有益于余，将忘其身之贱而为之也。呜呼，詹今其死矣！

詹，闽越人也。父母老矣，舍朝夕之养，以来京师，其心将以有得于是，而归为父母荣也；虽其父母之心亦皆然，詹在侧，虽无离忧，其志不乐也，詹在京师，虽有离忧，其志乐也；若詹者，所谓以志养志者欤[16]！詹虽未得位，其名声流于人人，其德行信于朋友，虽詹与其父母，皆可无憾也。詹之事业文章，李翱既为之传[17]，故作哀辞以舒余哀[18]，以传于后，以遗其父母而解其悲哀，以卒詹志云：

求仕与友兮，远违其乡，父母之命兮，子奉以行；友则既获兮，禄实不丰，以志为养兮，何有牛羊。事实既修兮，名誉又光，父母忻忻兮，常若在旁。命虽云短兮，其存者长，终要必死兮，愿不永[19]伤！友朋亲视兮，药物甚良[20]，饮食孔时兮[21]，所欲无妨。寿命不齐兮[22]，人道之常，在侧与远兮，非有不同。山川阻深兮，魂魄流行，祀祭则及兮，勿谓不通。哭泣无益兮[23]，抑哀自强，推生知死兮，以慰孝诚。呜呼哀哉兮，是亦难忘！

---

①欧阳生：名詹，字行周，泉州晋江人，卒年四十余，有文集行世。　②闽越：今福建，本周时七闽地，后为越人所居，故曰闽越。　③今上初：帝制时代称皇帝曰上，今上：指唐德宗。　④常衮：京兆人，建中初为福建观察使。　⑤与：读如“预”；或即作“预”。　⑥皆化翕然：大历七年，李椅都督福建，领观

察等使，始兴学校，衮继其后，为时既久，郡境安定。　⑦“闽越之人”句：贞元八年，詹与愈同登第。按莆田林藻以贞元七年登第，长溪薛令之以神龙二年擢第，皆在詹之前，愈谓闽越之人举进士由詹始，盖考之未详也。　⑧建中贞元：德宗年号。　⑨余就食江南：时愈家于宣州。　⑩三年：按年谱当作二年。　⑪合必两忘其所趋：会合后皆忘所欲至之地也。　⑫嶷（nì）：《诗经·大雅·生民》：“克岐克嶷。”笺：“其貌嶷嶷然，有所识别也。”⑬徐州：张建封辟愈为徐州节度推官。　⑭国子监：即国学。晋始立国子学，隋炀帝改学为监，唐因之。四门助教：官名，古者天子设学于四郊，后魏以其辽远，于四门建学，置四门博士，唐因之。⑮监：一作“詹”；或并无“监”字。　⑯“若詹者”两句：《孟子·离娄》：“若曾子者，则可为养志也。”　⑰李翱既为之传：今李翱集无此传。　⑱哀辞：哀辞者，所以舒其哀也，此为与祭文不同处。　⑲不永：一作“永不”。　⑳药物甚良：欧阳生游太原，悦一妓，约以至都来迎，后不克如约，过期往迎，妓已积望成疾，剪髻寄生，生为之恸怨，涉旬亦殁。生为妓死，此友朋所讳者，愈以慰其父母，故云药物甚良，而诿诸寿命，全人父子之恩当如此也。　㉑孔：一作“既”。　㉒齐：一作“高”。㉓益：一作“救”。

独孤申叔哀辞[1]

众万之生，谁非天邪？明昭昏蒙，谁使然邪？行何为而怒，居何故而怜邪？胡喜厚其所可薄，而恒不足于贤邪？将下民之好恶，与彼苍悬邪？抑苍茫无端而暂寓其间邪[2]？死者无知，吾为子恸而已矣；如有知也，子其自知之矣。濯濯其英[3]，晔晔其光[4]，如闻其声，如见其容。乌虖[5]远矣，何日而忘！

---

①独孤申叔：字子重，年二十二，举进士，又二年，用博学鸿词为校书郎，又三年，居父丧，未练而殁，盖贞元十八年也。

②数句语意出《史记·伯夷传》，愈与崔群书中天人好恶之说，与此正同。　③濯濯：光明也。　④晔（yè）：亦读“育”；晔晔：光也，又盛貌。　⑤虖（hū）：同“呼”。

祭田横墓文[①]

贞元十一年九月，愈如东京[②]，道出田横墓下，感横义高能得士[③]，因取酒以祭，为文而吊之。

其辞曰：

事有旷百世而相感者，余不自知其何心，非今世之所稀[④]，孰为使余歔欷[⑤]而不可禁！余既博观乎天下，曷有庶几乎夫子之所为，死者不复生，嗟余去此其从谁！

当秦氏之败乱，得一士而可王，何五百人之扰扰[⑥]，而不能脱夫子于剑铓？抑所宝之非贤，亦天命之有常。昔阙里之多士，孔圣亦云其遑遑，苟余行之不迷，虽颠沛其何伤[⑦]！自古死者非一，夫子至今有耿光[⑧]。跽[⑨]陈辞而荐酒，魂髣髴而来享[⑩]！

---

①田横：秦末群雄之一，故齐王荣弟，齐败，与其徒五百余人入海岛，高帝使使赦横罪而召之，横与其客二人乘传诣洛阳，至尸乡厩置，遂自刭，高帝命以王者礼葬横，既葬，二客穿其冢旁，自刭从之，其余客在海中者，闻横死，亦皆自杀。横墓在今河南偃师西十里。愈两应宏博不中，三上宰相书不得官，故寓意于田横，叹田横以怼时宰也。　②东京：洛阳。唐都长安，以洛阳为东京，

长安为西京。　③感横义高能得士：愈以己无投合，踌躇发愤，感横而发为此文，叹时宰之不能得士也。一本“士”下有“心”字。④稀：当作“希”。《庄子·让王》篇音义：“希，望也。”言田横之事，非今世所望也。　⑤歔欷：读如“虚希”，悲泣气咽而抽息也。　⑥扰扰：繁多貌。　⑦“昔阙里”四句：脱去田横而自道也。阙里：地名，孔子所居，在今山东曲阜县。遑遑：心不定，与“皇皇”同，《孟子·滕文公》：“孔子三月无君，则皇皇如也。”　⑧耿光：光明也。《书·立政》：“以觐文王之耿光。”　⑨跽（jì）：长跪。　⑩享：古音为平声。

祭郴州李使君文[1]

维年月日[2]，将仕郎守江陵府法曹参军韩愈[3]谨以清酌庶羞之奠，敬祭于故郴州李使君之灵：古语有之："白头如新，倾盖若旧[4]。"顾意气之何如，何日时之足究！

当贞元之癸未，惕皇威而左授[5]，伏荒炎之下邑[6]，嗟名颓而位仆，历贵部而西迈[7]，遂清光于暂觏，言莫交而情无由，既不贾而奚售，哀穷遐之无徒[8]，挈百忧以自副[9]，辱问讯之绸缪，恒饱饥而愈疢，接雄词于章句，窥逸迹于篆籀[10]，苞黄甘而致贻[11]，获纸笔之双贸[12]，投叉鱼之短韵[13]，愧韬瑕而举秀。竢新命于衡阳[14]，费薪刍于馆候，空大亭以见处，憩水木之幽茂，逞英心于纵博，沃烦肠以清酎[15]，航北湖[16]之空明，觑[17]鳞介之惊透，宴州楼之豁达，众管啾而并奏，得恩惠于新知，脱穷愁于往陋，辍行谋于俄顷，见秋月之三彀[18]。逮天书之下降，犹低回以宿留[19]，念暌离之在期，谓此会之难又，授缟纻以托心[20]，示兹诚之不谬，傥后日之北迁，约穷欢于一昼，虽掾[21]俸之酸寒，要拔贫而为富。何人生之难信，捐斯言而莫就，始讶信于暂疏，遂承凶于不救，见明旌之低昂[22]，尚迟疑于别袖，忆交酬而迭舞，奠单杯而哭柩[23]！

美夫君之为政，不桡志于谗构，遭唇舌之纷罗，独陵晨而孤雏[24]，彼俭人[25]之浮言，虽百车[26]其何诟，洞古往而高观，固邪正之相寇，幸窃睹其始终，敢不明白而蔽覆。神乎来哉！辞以为侑[27]。尚飨！

---

①李使君：名伯康，字士丰，陇西成纪人，贞元十九年秋七月，拜柳州刺史，永贞元年十月卒。郴州：墓志作“柳州”。 ②维年月日：一作“维元和元年岁次丙午二月乙未朔二十四日戊午”。 ③将仕郎：官名。唐从九品下为将仕郎。江陵府：唐置，今湖北江陵。法曹参军：官名，汉末有参军事之名，本为参谋军事而设，晋以后置为官员，如咨议记室录事，及诸曹参军皆是。 ④白头如新，倾盖若旧：见汉邹阳《狱中上梁王书》。白头如新：谓自初相识至头白，交情不变也。倾盖，道行相遇，驻车对语，两盖相交小欹之义也。 ⑤“当贞元之癸未”两句：癸未，贞元十九年，愈于是年左迁连州阳山令。 ⑥下邑：谓阳山。 ⑦贵部：指郴州。 ⑧穷遐：一作“穷荒”。 ⑨挐：与“拿”同，率引也。副：称也，如其实也。 ⑩籀（zhòu）：大篆，周宣王太史籀所作，因名。 ⑪黄甘：今之新会橙，盖愈尝送橙于李。 ⑫获纸笔之双贸：李《寄纸笔诗》云：“莫怪殷勤谢，虞卿正著书”即此。双贸：犹贸易而双也。 ⑬投叉鱼之短韵：愈有《叉鱼十八韵招张功曹》诗。 ⑭竢新命于衡阳：贞元二十一年，愈以顺宗赦，徙掾江陵，待命于郴。郴在衡山之阳，故云。 ⑮酎（zhòu）：醇酒也，谓重酿之酒。 ⑯北湖：在郴县北。 ⑰觑（qù）：旁观。 ⑱彀：满弓。 ⑲宿留：读如“秀溜”，停待。《史记·封禅书》：“遂至东莱宿留之。” ⑳授缟纻以托心：吴季

札聘郑，见子产，与之缟带，子产献纻衣。见《左传》襄公二十九年。 ㉑掾（yuàn），佐贰官之称，此即指法曹。 ㉒铭旌：明旌。以死者为不可别，故以识之。 ㉓奠单杯而哭柩：永贞元年冬，李柩过江陵，愈以是祭之。 ㉔雊（gòu）：鸣也。《鸡鸣》之诗，言乱世君子，陵晨孤雊，以鸡为喻。 ㉕憸（xiān）人：佞人也。 ㉖百车：谓言之多也。 ㉗侑（yòu）：劝。

祭河南张员外文[1]

维年月日[2]，彰义军[3]行军司马守太子右庶子兼御史中丞韩愈，谨遣某乙以庶羞清酌之奠，祭于亡友故河南县令张十二员外之灵：贞元十九，君为御史，余以无能，同诏并跱[4]。君德浑刚，标高揭己，有不吾如，唾犹泥滓。余戆[5]而狂，年未三纪[6]，乘气加人，无挟自恃[7]。

彼婉娈者[8]，实惮吾曹，侧肩帖耳，有舌如刀[9]，我落阳山[10]，以尹鼯猱[11]，君飘临武[12]，山林之牢，岁弊寒凶，雪虐风饕，颠于马下，我泗君咷[13]。夜息南山，同卧一席，守隶防夫，抵顶交跖[14]，洞庭漫汗[15]，粘天无壁，风涛相豗[16]，中作霹雳，追程盲进，飒[17]船箭激。南上湘水[18]，屈氏所沉[19]，二妃行迷，泪踪染林[20]，山哀浦思，鸟兽叫音，余唱君和，百篇在吟。君止于县，我又南逾，把盏相饮[21]，后期有无。

期宿界上[22]，一（又）夕相语，自别几时，遽变寒暑，枕臂欹眠，加余以股，仆来告言，虎入厩处，无敢惊逐，以我骦去[23]。君云是物，不骏于乘，虎取而往，来寅其征[24]，我预在此，与君俱膺，猛兽果信，恶祷而凭[25]。

余出岭中，君竢州下，偕掾江陵[26]，非余望者，郴山奇变，其水清写[27]，泊砂倚石，有遌[28]无舍。衡阳放酒，熊咆虎嗥，不存令章，罚筹蝟毛[29]。委舟湘流，往观南岳[30]，云壁潭潭[31]，穹林攸擢。避风太湖[32]，七日鹿角[33]，钩登大鲇[34]，怒颊豕狗[35]，窗盘炙酒，群奴余啄。走官阶下，首下尻高[36]，下马伏涂，从事是遭[37]。

予征博士，君以使已[38]，相见京师，过愿之始。分教东生，君掾雍首[39]，两都相望，于别何有。解手背面，遂十一年，君出我入，如相避然，生阔死休，吞不复宣！

刑官属郎，引章讦夺，权臣不爱，南昌是斡[40]。明条谨狱，氓獠[41]户歌。用迁澧浦，为人受瘥[42]，还家东都，起令河南，屈拜后生，愤所不堪。屡以正免，身伸事蹇，竟死不升，孰劝为善！

丞相南讨，余辱司马[43]，议兵大梁，走出洛下[44]，哭不凭棺，奠不亲斝[45]，不抚其子，葬不送野，望君伤怀，有陨如泻！铭君之绩，纳石壤中，爰及祖考，纪德事功[46]，外著后世，鬼神与通，君其奚憾，不余鉴衷！呜呼哀哉，尚飨！

---

①张员外：名署，河间人，为河南县令。员外：官名，别于正额官而言。南朝有员外散骑侍郎，隋初于尚书省二十四司各置员外郎一人，唐因之，署曾为刑部员外郎，故云张员外。　②维年月日：元和十二年八月。　③彰义军：本淮宁军节度，治蔡州，后改号彰义。　④跱：立，亦作“峙”。贞元十九年，愈与署俱为御史，故云并跱。　⑤戆：读如贡，愚直。　⑥纪：十二年为一纪。　⑦挟：矜其有而恃以自重也，《孟子·万章》：“友也者，友其德也，不可有所挟也。”愈自言无所挟而自恃也。　⑧婉

娈：美好貌。此指谗佞。 ⑨“侧肩”二句：谓谗人以言伤人也。时方旱饥，愈与署及李方叔同上疏乞宽民徭，为李实所谗，俱贬南方县令。 ⑩我落阳山：贞元十九年，愈贬连州阳山令。 ⑪鼯（wú）鼠：小兽，有肉翅似蝙蝠，能飞。猱（náo）：猴。言治阳山之人，如治鼯猱也。 ⑫君飘临武：署贬郴州临武令。临武：县名，今湖南临武县。 ⑬泗：液自鼻出者。咷（táo）：哭泣不止。 ⑭抵：触。跖：足也。谓顶相抵触足相交也。 ⑮洞庭：湖名，在湖南境。漫汗：水广大无际貌。 ⑯豗（huī）：相击。 ⑰驲：与“帆”同。 ⑱湘水：源出广西兴安县之阳海山，流入湖南，注于洞庭湖。 ⑲屈氏所沉：屈原沉于汨罗，汨罗西流入湘，故云。 ⑳二妃：舜二妃娥皇、女英。舜崩，二妃常泣，以其涕挥竹，竹尽斑。 ㉑盏：小杯也。 ㉒期宿界上：贞元十九年，愈与署俱令南方，明年冬，会宿临武界上。 ㉓䴿（méng）：幼驴。 ㉔虎为寅神言来岁寅月，当有征验。 ㉕“仆来”四句：言猛兽果有征验，不待祷而有所凭也。猛兽，一作“孟首”，谓正月孟春之首，果得归也，亦通。 ㉖来寅其征：顺宗即位，愈与署皆改江陵府掾，愈法曹，署工曹。 ㉗郴山：即今湖南郴州之黄岑山，郴水出此，甚清，下流入湘水。愈遇赦后，竢命于郴者三月。 ㉘遌：同“迕”，逢也。 ㉙令章：谓酒令，唐人会饮，违令则以筹罚。蝟毛：言其多也。 ㉚南岳：即衡山。 ㉛潭潭：深也。 ㉜太湖：即洞庭湖。太，或作“大”。 ㉝鹿角：洞庭湖中地名。 ㉞鲇（nián）：鱼名，无鳞，多粘质。 ㉟豞（hòu）：猪怒声。 ㊱尻（kāo）：脊骨尽处。谓低首而耸臀也。 ㊲“下马”二句：愈为江陵府掾，从事等乃幕僚，故须下马避道也。 ㊳予征博士，君以使已：元和元年，愈召为国子博士，署掾江陵。 ㊴“分教”二句：元和二年，愈分教东都，署为京兆府司录参军，录事持纠曹之权，当要害之地，判曹事，故云掾首。雍，州名，今陕西终南山以北地。㊵“刑官”四句：署为刑部员外郎，守法不阿，出为虔州刺史，虔州属南康郡，南昌，当作南康。斡（wò）：转。 ㊶獠（liáo）：旧指南方溪峒少数民族。 ㊷用迁澧浦，为人受瘥：署自虔州改澧州刺史，曰：“刺史不可贪官害民。”留牒不肯从，竟以代罢。瘥：罢病也，此处指代人受过。 ㊸丞相南讨，余辱司马：元和十二年，以宰相裴度为淮西宣慰处置使，南讨淮蔡。度奏愈为行军司马。 ㊹时宣武军节度使韩弘为诸军统帅，行将出讨，愈诣弘禀事。大梁：今河南开封。 ㊺斝（jiǎ）：酒器。 ㊻纪德事功：纪其德，纪其事，纪其功。

祭柳子厚文[1]

维年月日[2]，韩愈谨以清酌庶羞之奠，祭于亡友柳子厚之灵：嗟嗟子厚，而至然邪？自古莫不然，我又何嗟[3]！人之生世，如梦一觉[4]，其间利害，竟亦何校？当其梦时，有乐有悲，及其既觉，岂足追惟[5]！

凡物之生，不愿为材，牺尊青黄，乃木之灾[6]。子之中弃，天脱馽羁[7]，玉佩琼琚，大放厥辞[8]。富贵无能，磨灭谁纪，子之自著，表表[9]愈伟。不善为斲，血指汗颜，巧匠旁观，缩手袖闲。子之文章，而不用世，乃令吾徒，掌帝之制。子之视人，自以无前，一斥不复[10]，群飞刺天[11]。

嗟嗟子厚，今也则亡，临绝之音，一何琅琅[12]！遍告诸友，以寄厥子[13]，不鄙谓余，亦托以死[14]。凡今之交，观势厚薄，余岂可保，能承子托？非我知子，子实命我，犹有鬼神，宁敢遗堕！念子永归，无复来期，设祭棺前，矢心以辞。呜呼哀哉，尚飨！

---

①柳子厚：名宗元，河东人，由进士累官监察御史，坐王叔文党贬永州司马，徙柳州刺史，元和十四年十月五日卒。明年，愈在袁州，作此祭之。　②维年月日：一作“维元和十五年岁次庚子

五月壬寅朔初五日景午”。 ③我又何嗟：既嗟而又遣以理也。④觉（jiào）：醒。下同。 ⑤惟：思也。 ⑥牺：酒尊名。青黄：谓饰以青黄。言木之材者为牺尊，正乃木之灾也。《庄子·胠箧》：“纯朴不残，孰为牺尊。”注：“画牺牛象以饰尊也。”⑦馽（zhí）：绊马蹄之物。羁：马络头。 ⑧玉佩琼琚：佩玉在上为珩，在下为璜，有二组，以左右交牵之，二组相交处，一物居其间，即琚也，以琼玉为之。琼：美玉。二语状其文之美也。⑨表表：卓立之貌。 ⑩一斥不复：宗元被贬，竟卒于柳州，故云一斥不复。 ⑪飞：一作“非”，喻群小。刺天：喻其位高。⑫琅琅：金玉声。谓其临终之言善也。 ⑬遍告诸友，以寄厥子：宗元子幼，临终以托诸友。 ⑭不鄙谓余，亦托以死：言不以予为鄙陋，而亦托以死后事也。

祭侯主簿文[1]

维年月日，吏部侍郎韩愈[2]，谨遣男殿中省进马佶[3]，致祭于亡友故国子主簿侯君之灵：呜呼！惟子文学，今谁过之，子于道义，困不拾遗。

我狎我爱，人莫与夷[4]，自始及今，二纪于兹，我或为文，笔俾子持，唱我和我，问我以疑，我钓我游，莫不我随[5]，我寝我休，莫尔之私，朋友昆弟，情敬异施，惟我于子，无适不宜。弃我而死，嗟我之衰，相好满目，少年之时，日月云亡[6]，今其有谁！

谁不富贵，而子为羁，我无利权，虽怨曷为！子之方葬[7]，我方斋祠，哭送不可[8]，谁知我悲！呜呼哀哉，尚飨！

---

①侯主簿：名喜，字叔起，官国子主簿。　②吏部侍郎韩愈：长庆二年九月，愈自兵部侍郎迁吏部侍郎。　③进马：官名，属殿中省，戎服执鞭，侍立于立仗马之左，随马进退，虽名管殿中，其实武职。佶：愈子，碑状及世系表无佶名，盖愈子之早殁者。　④夷：平列，同辈。　⑤莫不我随：愈尝与喜渔于温洛，有诗云："吾党侯生字叔起，呼我持竿钓温水。"　⑥日月云亡：一作"人之云亡"。　⑦方：一作"云"。　⑧我方斋祠，哭送不可：言因斋祠之事不能送别。

祭郑夫人文[1]

维年月日[2]，愈谨于逆旅备时羞之奠，再拜顿首，敢昭祭于六嫂荥阳[3]郑氏夫人之灵：呜呼！天祸我家，降集百殃，我生不辰[4]，三岁而孤[5]，蒙幼未知，鞠我者兄[6]。

在死而生，实维嫂恩。未龀[7]一年，兄宦王官[8]，提携负任，去洛居秦，念寒而衣，念饥而飧，疾疹[9]水火，无灾及身，劬劳闵闵[10]，保此愚庸，年方及纪，荐及凶屯[11]。兄罹谗口，承命远迁，穷荒海隅，夭阏百年[12]，万里故乡，幼孤在前，相顾不归，泣血号天！微嫂之力，化为夷蛮，水浮陆走，丹旐[13]翩然，至诚感神，返葬中原[14]。既克反葬，遭时艰难，百口偕行，避地江渍[15]，春秋霜露，荐敬蘋蘩，以享韩氏之祖考，曰此韩氏之门。

视余犹子，诲化谆谆。爰来京师[16]，年在成人，屡贡于王，名乃有闻。念兹顿顽[17]，非训曷因，感伤怀归，陨涕熏心！苟容躁进，不顾其躬，禄仕而还，以为家荣，奔走乞假，东西北南，孰云此来，乃睹灵车，有志弗及，长负殷勤！呜呼哀哉！昔在韶州之行[18]，受命于元兄曰："尔幼养于嫂，丧服必以期[19]！"今其敢忘，天实临之！

呜呼哀哉！日月有时，归合茔封，终天永辞，绝而复苏。

伏惟尚飨！

---

①郑夫人：愈兄起居舍人会之妻。愈少孤，育于郑。　②维年月日：一作“贞元十一年”；一作“贞元九年岁次癸酉九月朔日”。　③荥阳：河南荥阳。　④我生不辰：《诗经·大雅·桑柔》篇句。辰：时辰。　⑤三岁而孤：大历五年，愈父仲卿卒，时愈年三岁。　⑥鞠我者兄：仲卿殁，愈养于兄会舍。父卒而不及母，或者终丧已嫁。　⑦龀（chèn）：孩童毁齿也。《说文》：“男八岁女七岁而龀。”　⑧王官：地名，故城在今山西永济县南。　⑨疹：音真，读上声，病名；一本作“胗”。⑩闵闵：忧惧之貌。　⑪荐及凶屯：大历十二年五月，会坐元载党自起居舍人贬韶州刺史，愈时年十一，从至贬所。　⑫夭阏百年：会卒于韶，年四十二。　⑬丹旐：丧家所用祭旗。王褒诗：“丹旐书空使。”　⑭返葬中原：谓葬于河阳也。　⑮避地江渍：建中二年，中原多故，愈避地江左。渍，水涯。　⑯爰来京师：贞元二年，愈自宣州游京师。　⑰顿：读如“钝”；一本即作“钝”。　⑱韶州：今广东曲江。　⑲尔幼养于嫂二句：嫂叔旧无服，贞观中魏徵令孤德棻等议请服小功五月，制可，愈幼养于嫂，服期所以报也。

祭十二郎文[1]

年月日[2]，季父愈闻汝丧之七日[3]，乃能衔哀致诚，使建中[4]远具时羞之奠，告汝十二郎之灵：呜呼！吾少孤，及长，不省所怙[5]，惟兄嫂是依[6]。中年，兄殁南方[7]，吾与汝俱幼，从嫂归葬河阳[8]，既又与汝就食江南[9]，零丁孤苦，未尝一日相离也。吾上有三兄，皆不幸早世，承先人后者，在孙惟汝，在子惟吾，两世一身，形单影只，嫂常抚汝指吾而言曰："韩氏两世，惟此而已！"汝时尤小，当不复记忆，吾时虽能记忆，亦未知其言之悲也。吾年十九[10]，始来京城。其后四年而归视汝。又四年，吾往河阳省坟墓，遇汝从嫂丧来葬。又二年，吾佐董丞相于汴州[11]，汝来省吾；止一岁，请归取其孥。明年，丞相薨[12]，吾去汴州，汝不果来。是年，吾佐戎徐州[13]，使取汝者始行，吾又罢去，汝又不果来[14]。吾念汝从于东，东亦客也，不可以久，图久远者，莫如西归，将成家而致汝，呜呼！孰谓汝遽去吾而殁乎！吾与汝俱少年，以为虽暂相别，终当久相与处，故舍汝而旅食京师，以求斗斛之禄；诚知其如此，虽万乘之公相，吾不以一日辍汝而就也。

去年，孟东野往，吾书与汝曰："吾年未四十，而视茫茫[15]，而发苍苍，而齿牙动摇。"念诸父与诸儿，皆康强而早世，如吾之衰者，其能久存乎，吾不可去，汝不肯来，恐旦暮死，而汝抱无涯之戚也；孰谓少者殁而长者存，强者夭而病者全乎！鸣呼！其信然邪？其梦邪？其传之非其真邪？信也，吾兄之盛德而夭其嗣乎？汝之纯明而不克蒙其泽乎？少者强者而夭殁，长者衰者而存全乎？未可以为信也。梦也，传之非其真也，东野之书，耿兰之报[16]，何为而在吾侧也？鸣呼！其信然矣！吾兄之盛德而夭其嗣矣！汝之纯明宜业其家者，不克蒙其泽矣！所谓天者诚难测，而神者诚难明矣！所谓理者不可推，而寿者不可知矣！虽然，吾自今年来，苍苍者或化而为白矣，动摇者或脱而落矣，毛血日益衰，志气日益微，几何不从汝而死也；死而有知，其几何离，其无知，悲不几时！而不悲者无穷期矣！汝之子始十岁[17]，吾之子始五岁[18]，少而强者不可保，如此孩提者，又可冀其成立邪？鸣呼哀哉！鸣呼哀哉！汝去年书云："比得软脚病，往往而剧。"吾曰："是疾也，江南之人，常常有之。"未始以为忧也。鸣呼！其竟以此而殒其生乎？抑别有疾而至斯乎？汝之书，六月十七日也，东野云："汝殁以六月二日。"耿兰之报无月日；盖东野之使者，不知问家人以月日，如耿兰之报，不知当言月日，东野与吾书，乃问使者，使者妄称以应之耳，其然乎？其不然乎？今吾使建中祭汝，吊汝之孤，与汝之乳母，彼有食可守以待终丧，则待终丧而取以来；如不能守以终丧，则遂取以来；其余奴婢，并令守汝丧。吾力能改葬，终葬汝于先人之兆，然后惟其所愿。

鸣呼！汝病吾不知时，汝殁吾不知日，生不能相养以共居，殁不得抚汝以尽哀，敛不凭其棺，窆不临其穴⑲，吾行负神明而使汝夭，不孝不慈，而不得与汝相养以生，相守以死，一在天之涯，一在地之角，生而影不与吾形相依，死而魂不与吾梦相接，吾实为之，其又何尤！彼苍者天，曷其有极！自今已往，吾其无意于人世矣，当求数顷之田于伊颍之上⑳，以待余年，教吾子与汝子，幸其成长，吾女与汝女待其嫁，如此而已！呜呼！言有穷而情不可终，汝其知也邪？其不知也邪？呜呼哀哉，尚飨！

---

①十二郎：愈兄率府参军介次子，名老成，会无子，以老成为后。　②年月日：一作“贞元十九年五月二十六日”。　③七日：七日乃祭者，以所报月日不同，欲审其实，故迟迟若此。　④建中：人名。　⑤怙：谓父也，《诗经·魏风》：“无父何怙。”⑥兄：即会，嫂：即郑夫人。　⑦兄殁南方：谓会卒于韶州也。⑧河阳：县名，今河南孟州有河阳故城。　⑨既又与汝就食江南：建中二年，愈与老成避地江左，家于宣州。　⑩吾年十九：贞元二年。　⑪董丞相：董晋也。贞元十三年，晋帅汴州，辟愈为节度推官。汴州：今河南开封。　⑫丞相薨：贞元十五年二月，董晋卒。　⑬吾佐戎徐州：是岁秋，张建封辟愈为徐州节度推官。⑭汝不来：贞元十六年五月，张建封卒，愈西归洛阳。　⑮茫茫：一作“荒荒”，古荒忽茫忽之类，皆一字，义多相近。　⑯耿兰：家人名。　⑰汝子：老成子湘也，老成有二子，曰湘，曰滂，介子百川死，无后，愈命滂归后其祖介，老成死，湘年十岁。　⑱吾

之子：衵也，衵登长庆四年第。　⑲窆（biǎn）：下棺也。墓地茔兆曰穴。　⑳数顷之田于伊颍之上：田百亩曰顷。伊颍：二水名，伊水出河南卢氏县东南，注于洛，颍水出河南登封西境颍谷，东南入安徽注于淮。

潮州祭神文[①]

维年月日，潮州刺史韩愈[②]，谨以清酌腶脩之奠[③]，祈于太湖神之灵，曰：稻既穟矣[④]，而雨，不得熟以获也，蚕起且眠矣，而雨，不得老以簇也，岁且尽矣，稻不可以复种，而蚕不可以复育也，农夫桑妇，将无以应赋税继衣食也。

非神之不爱人，刺史失所职也，百姓何罪，使至极也？神聪明而端一，听不可滥以惑也，刺史不仁，可坐以罪，惟彼无辜，惠以福也。划劙云阴[⑤]，卷月日也，幸身有衣，口得食，给神役也，充上之须，脱刑辟也，选牲为酒，以报灵德也，吹击管鼓，侑[⑥]香洁也，拜庭跪坐，如法式也，不信当治[⑦]，疾殃殛也。神其尚飨！

---

①潮州祭神文：原有五篇，此其第二篇，祭湖神也。　②“刺史”以上：一作“维元和十四年岁次己亥，六月丁未朔，六日壬子持节潮州诸军事守潮州刺史”。　③腶（duàn）脩：捶治而加姜桂所制成的干肉。《礼记·郊特牲》“大飨尚腶脩而已矣。”　④穟（suì）：禾秀貌。　⑤划劙：以刀划破物曰划，分割曰劙（lí）。　⑥侑：佐也。　⑦当治：犹当官，韩愈自谓。

碑

平淮西碑[1]

天以唐克肖其德[2]，圣子神孙，继继承承，於[3]千万年，敬戒不怠，全付所覆，四海九州，罔有内外，悉主悉臣[4]。高祖太宗，既除[5]既治。高宗中睿，休养生息。至于玄宗，受报收功，极炽而丰，物众地大，孽牙其间[6]。肃宗代宗，德祖顺考，以勤以容，大慝适去[7]，稂莠不薅[8]，相臣将臣，文恬武嬉，习熟见闻，以为当然。

睿圣文武皇帝[9]，既受群臣朝，乃考图数贡[10]曰："呜呼！天既全付予有家，今传次在予，予不能事事，其何以见于郊庙[11]！"群臣震慑，奔走率职。明年平夏[12]，（又明年）平蜀[13]，又明年，平江东[14]，又明年，平泽潞[15]，遂定易定[16]，致魏博、贝、卫、澶、相[17]，无不从志。皇帝曰："不可究武，予其少息。"

九年，蔡将死，蔡人立其子元济以请，不许[18]；遂烧舞阳，犯叶襄城，以动东都，放兵四劫[19]。皇帝历问于朝，一二臣外[20]，皆曰："蔡帅之不廷授，于今五十年，传三姓四将[21]，其树本坚，兵利卒顽，不与他等，因抚而有，顺且无事。"大官臆决唱声[22]，万口和附，并为一谈，牢不可破。皇帝曰："惟天惟祖宗，所以付任予者，庶其在此，予何敢不力！况一二臣同，不为无助。”曰：“光颜！汝为陈许帅[23]，维是河东、魏博、郃阳三军之在行者，汝皆将之[24]！”曰：“重胤！汝故有河阳、怀，今益以汝[25]，维是朔方、义成、陕、益、凤翔、延、庆七军之在行者，汝皆将之[26]！”曰：“弘！汝以卒万二千，属而子公武往讨之[27]！”曰：“文通！汝守寿[28]，维是宣武、淮南、宣歙、浙西四军之行于寿者，汝皆将之[29]！”曰：“道古！汝其观察鄂岳[30]！”曰：“愬！汝帅唐、邓、随[31]，各以其兵进战！”曰：“度！汝长御史，其往视师[32]！”曰：“度！惟汝予同，汝遂相予[33]，以赏罚用命不用命！”曰：“弘！汝其以节度都督统诸军！”曰：“守谦！汝出入左右，汝惟近臣，其往抚师[34]！”曰：“度！汝其往，衣服饮食予士，无寒无饥，以既厥事，遂生蔡人！赐汝节斧，通天御带，卫卒三百[35]，凡兹廷臣，汝择自从，惟其贤能，无惮大吏[36]！庚申，予其临门送汝[37]。”曰：“御史！予闵士大夫战甚苦，自今以往，非郊庙祠祀，其无用乐！”

颜、胤、武合攻其北，大战十六，得栅城县二十三，降人卒四万。道古攻其东南，八战，降万三千；再入申，破其外城[38]。文通战其东，十余遇，降万二千。愬入其西，得贼将，辄释不杀[39]，用其策，战比有功。十二年八月，丞相度至师，都统弘责战益急，颜、胤、武合战益用命，元济尽并其众洄曲以备[40]。十月壬申，愬用所得贼将，自文城因天大雪，疾驰百二十里，用夜半到蔡，破其门，取元济以献[41]，尽得其属人卒。辛巳，丞相度入蔡，以皇帝命赦其人，淮西平。大飨赉功。师还之日，因以其食赐蔡人。凡蔡卒三万五千，其不乐为兵，愿归为农者十九，悉纵之。斩元济京师。

册功，弘加侍中；愬为左仆射，帅山南东道；颜、胤皆加司空，公武以散骑常侍帅鄜坊、丹、延；道古进大夫；文通加散骑常侍；丞相度朝京师，道封晋国公，进阶金紫光禄大夫，以旧官相；而以其副总为工部尚书，领蔡任[42]。

既还奏，群臣请纪圣功，被之金石。皇帝以命臣愈，臣愈再拜稽首而献文曰：唐承天命，遂臣万邦，孰居近土，袭盗以狂。往在玄宗，崇极而圮[43]，河北悍骄[44]，河南附起[45]。四圣不宥[46]，屡兴师征，有不能克，益戍以兵。夫耕不食，妇织不裳，输之以车，为卒赐粮。外多失朝[47]，旷不岳狩[48]，百隶[49]怠官，事亡其旧。帝时继位，顾瞻咨嗟，“惟汝文武，孰恤予家？”既斩吴蜀，旋取山东[50]，魏将首义，六州降从。淮蔡不顺，自以为强，提兵叫欢，欲事故常。始命讨之，遂连奸邻[51]，阴遣刺客，来贼相臣[52]，方战未利，内惊京师，群公上言：“莫若惠来。”帝为不闻[53]，与神为谋，乃相同德，以讫天诛。乃敕颜、胤，愬、武、古、通，咸统于弘[54]，各奏汝功。三方分攻[55]，五万其师，大军北乘，厥数倍之[56]。常兵时曲[57]，军士蠢蠢，既翦陵云[58]，蔡卒大窘。胜之邵陵[59]，郾城来降[60]，自夏入秋，复屯相望。兵顿不励，告功不时，帝哀征夫，命相往厘[61]，士饱而歌，马腾于槽，试之新城，贼遇败逃[62]。尽抽其有，聚以防我，西师跃入，道无留者。额额[63]蔡城，其疆千里，既入而有，莫不顺俟。帝有恩言，相度来宣，“诛止其魁，释其下人”。蔡之卒夫，投甲呼舞，蔡之妇女，迎门笑语。蔡人告饥，船粟往哺，蔡人告寒，赐以缯布。始时蔡人，禁不往来，今相从戏，里门夜开。始时蔡人，进战退戮，今旰而起[64]，左飧右粥。为之择人，以收余惫，选吏赐牛，教而不税。蔡人有言：“始迷不知，今乃大觉，羞前之为。”蔡人有言：“天子明圣，不顺族诛，顺保性命。汝不吾信，视此蔡方，孰为不顺，往斧其吭。凡叛有数，声势相倚，吾强不支，汝弱奚恃？其告而长，而父而兄，奔走偕来，同我太平！”淮、蔡为乱，天子伐之，既伐而饥，天子活之。始议伐蔡，卿士莫随，既伐四年，小大并疑，不赦不疑，由天子明，凡此蔡功，惟断乃成[65]。既定淮蔡，四夷毕来，遂开明堂，坐以治之。

---

①《平淮西碑》：宰相裴度为淮西宣慰处置等使，愈为行军司马，蔡平，随度还朝，诏撰《平淮西碑》，愈多归美于度，而李愬以入蔡功第一，愬妻唐安公主诉碑不实，诏其文，更命翰林学士段文昌为之，《旧唐书·韩愈传》说如此；或谓碑文归美宰相，弥以恢崇朝廷，李愬櫜鞬迎度于蔡，未必因此怨望，详公文，盖以其碑首指斥请罢兵者太切直，致被谗而拽倒耳。　②肖：似也。言唐之子孙，其德相似。　③於：叹美辞，读如 wū。　④悉主悉臣：谓悉以为主而臣之也。　⑤除：除乱。　⑥孽牙：萌芽也。此指安史之乱肇自天宝以后，据有兵柄者，遂时时抗挠朝命，逐帅自立留后，至于不可爬梳。　⑦大慝：谓安禄山、史思明之属。

⑧稂莠（lǎng yǒu）：皆害苗草。薅：除草。　⑨睿圣文武皇帝：谓宪宗也，元和三年正月受此尊号。　⑩谓考舆地之广狭，计贡赋也。　⑪郊庙：谓祭也。　⑫明年平夏：永贞元年八月，夏绥银节度留后李惠琳叛，元和元年三月，兵马使张承全讨斩之。⑬平蜀：永贞元年八月，剑南节度使韦皋卒，行军司马刘辟自称留后，元和元年九月，东川节度使高崇文擒辟以献。　⑭平江东：元和二年十月，镇海节度使李锜反，兵马使张子良执锜送京师。⑮平泽潞：元和五年，昭义节度卢从史阴与王承宗通谋，吐突承璀诱执从史送京师。按以上纪年，碑文与史不同。泽州故治，在今山西晋城。潞州故治，在今山西长治县。　⑯遂定易定：元和五年十月，义武节度使张茂昭以定易二州归于有司。定州故治，在今河北定县。易州故治，在今河北易县。　⑰贝、卫、澶、相：元和七年十月，魏博节度使田弘正以所管六州归于有司，贝、卫、澶、相四州，皆魏博节度使所管，盖兼魏博为六州也。魏州故治，在今河北大名县东十里，魏博节度使治此。博州故治，在今山东聊城县西北十五里。贝州故治，在今河北清河县。卫州故治，在今河南汲县。澶州故治，在今河北清丰县南二十五里；澶，读如“蝉”。相州故治，在今河南安阳。　⑱九年蔡将死至不许：元和九年闰八月，彰义节度使吴少阳卒，其子元济匿不发丧，以病闻，伪表请元济主兵，不许。　⑲“遂烧舞阳”四句：元和十年正月，元济反，纵兵略东都附近。舞阳：今河南舞阳县。叶：今河南叶县。襄城：今河南襄城县。　⑳一二臣：指李吉甫、武元衡等，盖除此数臣外，无赞伐蔡之谋也。　㉑三姓四将：广德元年十月，以李忠臣为河西节度使，贞元二年四月以陈奇，十月以吴少诚，是为三姓，

大历十四年三月，忠臣为其将李希烈所逐，自为节度，忠臣希烈少诚少阳是为四将。　㉒大官臆决唱声：谓以意决之而同声附和也。时韦贯之、李逢吉、卫次、王涯等，皆请罢兵。　㉓光颜，汝为陈许帅：元和九年十月，以陈州刺史李光颜为忠武节度使，忠武管陈、许二州。陈州，在今河南淮阳县。许州故治，在今河南许昌。㉔“维是”二句：元和十年正月，命宣武等十六道进军讨元济，以光颜等分掌行营。二月，命神策军郃阳镇遏将索日进以泾原兵六百人会李光颜。河东节度使，治太原府，今山西太原治。郃阳：县名，今属陕西。按是时镇河东者王锷张弘靖，王锷于十年十二月卒，史未有河东遣将助讨淮西之文，盖漏去也。　㉕今益以汝：元和九年闰八月，以河阳节度使乌重胤为汝州刺史，充河阳、怀汝节度使，徙理汝州。河阳节度使，本治河阳城，在今河南孟县西，元和中，徙镇汝州，今河南临汝。怀州：今河南沁阳。　㉖“维是”二句：朔方军治灵州，在今甘肃灵武西南。义成管郑滑二州，治滑，故治在今河南滑县东二十里。陕益即剑南东西川。凤翔：今陕西凤翔县。延：属鄜坊丹延节度使，故治在今陕西膚施县东。庆：属邠宁节度使。故治即今甘肃庆阳县。　㉗“弘”以下三句：元和十年九月，以宣武节度使韩弘为淮西诸军都统，弘请使子公武以兵万三千会蔡下，归财与粮，以济诸军。　㉘汝守寿：元和十年十二月，以左金吾大将军李文通为寿州团练使。寿州，即今安徽寿县。　㉙汝皆将之：宣武军本治宋州，后徙治汴。淮南道，管舒、庐、寿、滁、和五州，在今安徽。宣州：治今安徽宣城。歙州：今安徽歙县。浙西道：管杭州、湖州，在今浙江。　㉚观察鄂岳：元和十一年，以黔州观察使李道古为鄂岳观察使。鄂州故治，在今湖北武昌。岳州故治，在今湖南岳阳。　㉛率唐、邓、随：元和十一年十二月，以太子詹事李愬为唐、邓、随节度使。唐州故治，在今河南唐县。邓州故治，在今河南邓县东南。随州故治，在今湖北。　㉜其往视师：裴度为御史中丞，故云长。元和十年五月，帝遣度诣行营宣慰，察用兵形势。　㉝遂相予：元和十年六月，以度为中书侍郎同平章事，十二年七月，度以宰相出为淮西宣慰处置使。　㉞其往抚师：元和十一年十一月，帝命知枢密梁守谦宣慰，因监其军。守谦，奄人也。　㉟通天御带，卫卒三百：元和十二年八月，度赴淮西，诏以神策军三百人卫从，赐以犀带。　㊱无惮大吏：度以马总为副使，韩愈为行军司马，李正封、冯宿、李宗闵等为两使、判官、书记。　㊲临门送汝：度行，帝御通化门送之。　㊳元和十二年，道古攻申州，克其外郭。申州故治，在今河南信阳。㊴破其外城：元和十二年五月，淮西骑将李祐率士卒刈麦于张柴村，李愬令厢虞候史用诚生擒以归，释之而待以客礼。　㊵元济尽并其众洄曲以备：四月，蔡人董昌龄以郾城降，李光颜引兵入据之，时董重质将骡军守洄曲，元济悉发亲近及守城卒诣重质以拒之。洄曲：一名时曲，在河南郾城县东南三十里。　㊶贼将：指李祐。祐谓愬曰："蔡之精兵皆在洄曲，可乘虚直抵其城北。"愬然之，乘雪夜入蔡，生擒元济。文城，文城栅也，在河南遂平县西南五十里。蔡：今河南汝阳。　㊷领蔡任：以蔡州留后马总为蔡州刺史彰义节度使。　㊸崇极而圮：谓盛极而衰也。圮：毁坏。㊹河北悍骄：安史既平，燕赵魏相继而起。　㊺河南：谓郓蔡之属居河南省。　㊻四圣：肃宗、代宗、德宗、顺宗也。　㊼外多失朝：谓为乱者所隔，各方不得朝觐也。　㊽岳狩：谓巡狩四岳之礼，多旷废也。　⑲百隶：一作“百司”；一作“司隶”。⑳山东：唐以河南河北地为山东，宪宗平卢从史，其邢洺磁三州，本隶河北道，故云山东。　㉑奸邻：指李师道。　㉒来贼相臣：元和十年六月，宰相武元衡入朝，李师道遣刺客暗中突出射之，又击裴度伤首。　㉓帝不闻：言群臣皆请罢兵而帝不听。　㉔统于弘：以韩弘为都统。　㉕三方分攻：指上文道古攻其东南，文通战其东，李愬入其西。　㉖大军北乘，厥数倍之：二句叙颜胤武合攻。　㉗常兵时曲：元和十年五月，光颜大破贼于时曲。时曲，即洄曲。　㉘陵云：元和十一年九月，光颜奏拔陵云栅。陵云在今河南商水县西。　㉙邵陵：在今河南郾城县东。　㉚郾城来降：元济以董昌龄令郾城，而质其母杨，杨以去逆告昌龄，昌龄乃举城降。自常兵时曲至此，要言前大战十六得栅城县二十三。㉛厘：理。　㉜“士饱而歌”四句：谓颜、胤、武合战效果显著。今河南郾城县有新寨镇。　㉝额额：《尚书·益稷》：“罔书夜额额。”谓肆恶无休息。　㉞旰（gàn）：晚也。　㉟惟断乃成：愈有《论淮西事宜状》云：“所未可知者，在陛下之断与不断耳。”此言平蔡之功，皆宪宗之能断也。

南海神庙碑[1]

海于天地间，为物最钜，自三代圣王，莫不祀事。考于传记，而南海神次最贵，在北东西三神河伯之上[2]，号为祝融[3]。天宝中，天子以为古爵莫贵于公侯，故海岳之祝，牺币之数，放而依之，所以致崇极于大神；今王亦爵也，而礼海岳尚循公侯之事，虚王仪而不用，非致崇极之意也，由是册尊南海神为广利王[4]，祝号祭式，与次俱升[5]。因其故庙，易而新之，在今广州治[6]之东南，海道八十里，扶胥之口[7]，黄木之湾[8]。常以立夏气至，命广州刺史行事祠下；事讫驿闻。而刺史常节度五岭诸军，仍观察其郡邑[9]，于南方事无所不统，地大以远，故常选用重人，既贵而富，且不习海事；又当祀时，海常多大风，将往，皆忧戚，既进，观顾怖悸，故常以疾为解，而委事于其副，其来已久；故明宫斋庐，上雨旁风，无所盖障，牲酒瘠酸，取具临时，水陆之品，狼藉笾豆，荐祼[10]兴俯，不中仪式，吏滋不供，神不顾享，盲风[11]怪雨，发作无节，人蒙其害。

元和十二年，始诏用前尚书右丞国子祭酒鲁国孔公为广州刺史[12]，兼御史大夫，以殿南服[13]。公正直方严，中心乐易，祗（dī）慎所职，治人以明，事神以诚，内外单尽，不为表襮[14]。至州之明年，将夏，祝册自京师至，吏以时告。公乃斋祓视册，誓群有司曰：“册有皇帝名[15]，乃上所自署，其文曰：‘嗣天子某，谨遣某官某敬祭。’其恭且严如是，敢有不承！明日，吾将宿庙下，以供晨事。”明日，吏以风雨白，不听；于是州府文武吏士凡百数，交谒更谏，皆揖而退[16]。公遂升舟，风雨少弛，棹夫[17]奏功，云阴解驳，日光穿漏，波伏不兴，省牲之夕[18]，载旸载阴。将事之夜，天地开除，月星明概[19]。五鼓既作，牵牛[20]正中，公乃盛服执笏以入即事，文武宾属，俯首听位，各执其职。牲肥酒香，罇爵静洁，降登有数，神具醉饱。海之百灵秘怪，慌惚毕出，蜿蜿蛇蛇[21]，来享饮食。阖庙旋舻[22]，祥飙送飒，旗纛[23]旄麾，飞扬晻蔼[24]，铙[25]鼓嘲轰，高管噭噪[26]，武夫奋棹，工师唱和，穹龟长鱼，踊跃后先，乾端坤倪，轩豁呈露[27]。祀之之岁，风灾熄灭，人厌鱼蟹，五谷胥熟。明年祀归，又广庙宫而大之，治其庭坛，改作东西两序，斋庖之房，百用具修。明年其时，公又固往，不懈益虔，岁仍大和，耋艾歌咏[28]。

始公之至，尽除他名之税[29]。罢衣食于官之可去者。四方之使，不以资交，以身为帅。燕享有时，赏与以节，公藏私畜，上下与足。于是免属州负逋之缗钱廿有四万，米三万二千斛；赋金之州，耗金一岁八百，困不能偿，皆以丐之。加西南守长之俸[30]，诛其尤无良不听令者；由是皆自重慎法。人士之落南不能归者，与流徙之胄，百廿八族，用其才良而廪其无告者[31]。其女子可嫁，与之钱财，令无失时。刑德并流，方地数千里，不识盗贼，山行海宿，不择处所，事神治人，其可谓备至耳矣！咸愿刻庙石以著厥美而系以诗，乃作诗曰：

南海阴墟，祝融之宅，即祀于旁，帝命南伯。吏惰不躬，正自今公，明用享锡，右我家邦。惟明天子，惟慎厥使，我公在官，神人致喜。海岭之陬[32]，既足既濡，胡不均弘，俾执事枢。公行勿迟！公无遽归！匪我私公，神人具依。

---

①南海神庙：在今广东番禺市东南波罗江上，庙有波罗树，大可数十围，俗称波罗庙。　②河伯：河神。　③祝融：南海神名。　④广利王：天宝十年正月，封南海广利王。　⑤祝号祭式，与次俱升：武德贞观之制，四海年别一祭，各以五郊迎气日祭之，祀官以当界刺史都督充，至是封王，分命卿监十三人，取三月十七日一时备礼兼册制祭。　⑥广州治：即今广东省治。　⑦扶胥口：在今广东番禺市东南三江口，有扶胥镇。　⑧黄木湾：与扶胥口相近。　⑨观察：唐制，岭南为五府，而岭南节度使观察四府事。　⑩祼（guàn）：灌，始祭酌郁之酒，灌地以降神。⑪盲风：疾风，见《礼记·月令》。《山海经》：“符阳之山多怪雨。”　⑫孔公：名戣，字君严，元和十二年七月，为岭南节度使。　⑬殿（diàn）：定。南服：犹言南方。　⑭襮（bó）：表。表白于外。　⑮册有皇帝名：唐制，岳渎以上祝版，御署附中使送往。　⑯“于是州府文武”三句：先是，诏祷南海神，多令从事代祠，戣每受诏，自犯风波而往。皆揖而退，谓揖而退之，不从其言。　⑰棹夫：船工。　⑱省牲之夕：谓祭之前一日。省牲，视涤濯也。　⑲概（jì）：稠；一说，“略”也，谓略见也。

⑳牵牛：星名。《礼记·月令》："季春之月，旦牵牛中。"
㉑蜿蜿：龙状。蛇蛇（yí）：安舒貌。　㉒阖庙旋舻：谓祭毕而归。舻：舟后持船处。　㉓纛（dào）：古代军队里的大旗。
㉔晻蔼：旌旗蔽日貌。　㉕铙：乐器。　㉖噭（jiào）：号呼。噪：喧闹。　㉗乾端坤倪，轩豁呈露：谓天地开霁，皆见端倪。
㉘耋艾：八十曰"耋"；五十曰"艾"。　㉙"始公之至"二句：初时番舶之至，泊岸有下碇之税，始至有阅货之宴，戣皆罢之。
㉚加西南守长之俸：戣有《奏加岭南州县官禄料钱状》，见《全唐文》。西南，一作"四面"。　㉛"士之落南"四句：孔戣于广州府城北建广恩馆，以居南谪子孙不能自存者，岁拨田租千五百石以赡之。　㉜陬：角落。

柳州罗池庙碑[1]

罗池庙者，故刺史柳侯庙也[2]。柳侯为州，不鄙夷其民[3]，动以礼法，三年，民各自矜奋，“兹土虽远京师，吾等亦天氓，今天幸惠仁侯，若不化服，我则非人。”于是老少相教语，莫违侯令。凡有所为于其乡闾及于其家，皆曰：“吾侯闻之，得无不可于意否？”莫不忖度而后从事。凡令之期，民劝趋之，无有后先，必以其时。于是民业有经，公无负租，流逋四归，乐生兴事，宅有新屋，步有新船[4]，池园洁修，猪牛鸭鸡，肥大蕃息，子严父诏，妇顺夫指，嫁娶葬送，各有条法，出相弟长，入相慈孝。先时，民贫以男女相质，久不得赎，尽没为隶，我侯之至，按国之故，以佣除本，悉夺归之[5]。大修孔子庙。城郭巷道，皆治使端正，树以名木，柳民既皆悦喜。尝与其部将魏忠、谢宁、欧阳翼饮酒驿亭，谓曰：“吾弃于时而寄于此，与若等好也；明年吾将死，死而为神，后三年，为庙祀我！”及期而死[6]。

三年[7]，孟秋辛卯，侯降于州之后堂，欧阳翼等见而拜之。其夕，梦翼而告曰：“馆我于罗池！”其月景辰[8]，庙成，大祭，过客李仪醉酒，慢侮堂上，得疾，扶出庙门即死。明年春，魏忠、欧阳翼使谢宁来京师，请书其事于石，余谓柳侯生能泽其民，死能惊动福祸之，以食其土，可谓灵也已。作《迎享送神》诗遗柳民，俾歌以祀焉，而并刻之⑨。柳侯，河东人，讳宗元，字子厚，贤而有文章，尝位于朝，光显矣，已而摈不用。其辞曰：

荔子丹兮蕉黄，杂肴蔬兮进侯堂。侯之船兮两旗⑩，度中流兮风泊之，待侯不来兮，不知我悲；侯乘驹兮入庙，慰我民兮不嚬以笑。鹅之山兮柳之水⑪，桂树团团兮白石齿齿⑫，侯朝出游兮暮来归。春与猿吟兮秋鹤与飞⑬，北方之人兮为侯是非⑭，千秋万岁兮侯无我违！福我兮寿我，驱厉鬼兮山之左，下无苦湿兮高无干，秔稌充羡兮蛇蛟结蟠⑮；我民报事兮，无怠其始，自今兮钦于世世。

---

①柳州：唐州，今广西柳州。罗池庙：在今广西柳州东，祀唐刺史柳宗元。或谓此非铭罗池庙之文，而是吊宗元之文。　②故刺史柳侯庙也：柳宗元以元和十年三月自永州司马为柳州刺史。　③不鄙夷其民：谓不鄙之以为夷也，柳州古为百粤之地，故云。　④步：水际谓之步；又岭南谓水津为步。　⑤柳州之俗，以男女质钱，子本相侔，则没为奴婢，宗元悉令赎归，其尤贫力不能者，令书其佣足相当，则使归其质。　⑥及期而死：元和十四年十月，宗元卒。　⑦三年：宗元死后之三年。　⑧景辰：即丙辰，避唐世祖讳改。世祖名昞。　⑨并刻之：宗元既没，柳人怀之，托言降于州之堂，有慢者辄死，庙于罗池，愈因碑以实之。　⑩侯之船兮两旗：柳人迎神，其俗以一船两旗，置木马偶人于舟，导之

登岸而趋于庙。　⑪鹅山：在柳州西，一作峨山。柳之水，出鹅山，即名峨水。　⑫团团：围聚貌。齿齿：排列貌。

⑬秋鹤与飞：即秋与鹤飞，因倒用而语势益劲。　⑭北方：中国。言中国之人于侯有是非，勿往也。　⑮秔（jīng）：稻之不黏而晚熟者，俗作粳。稌（tú）：糯稻。此句言秔稌之穗如蛇似蛟。

墓 志

司徒兼侍中中书令赠太尉许国公神道碑铭[1]

韩姬姓，以国氏[2]。其先有自颍川徙阳夏者，其地于今为陈之太康[3]；太康之韩，其称盖久，然自公始大著。

公讳弘，公之父曰海，为人魁伟沉塞，以武勇游仕许、汴之间[4]，寡言自可，不与人交，众推以为钜人长者，官至游击将军，赠太师，娶乡邑刘氏女，生公，是为齐国太夫人。

夫人之兄曰司徒玄佐[5]，有功建中、贞元之间，为宣武军帅，有汴、宋、亳、颍四州之地[6]，兵士十万人。公少依舅氏，读书习骑射，事亲孝谨，侃侃自将[7]，不纵为子弟华靡遨放事，出入敬恭，军中皆目之。尝一抵京师，就明经试，退曰："此不足发名成业！"复去，从舅氏学。将兵数百人，悉识其材鄙怯勇，指付必堪其事，司徒叹奇之，士卒属心，诸老将皆自以为不及。

司徒卒，去为宋南城将[8]，比六七岁，汴军连乱不定[9]。贞元十五年，刘逸淮死[10]，军中皆曰："此军司徒所树，必择其骨肉为士卒所慕赖者付之，今见在人，莫如韩甥[11]；且其功最大，而材又俊。"即柄授之，而请命于天子。天子以为然，遂自大理评事拜工部尚书，代逸淮为宣武军节度使，悉有其舅司徒之兵与地。

当此时，陈许帅曲环死[12]，而吴少诚反[13]，自将围许，求援于逸淮，啖之[14]以陈归汴；使数辈在馆，公悉驱出斩之，选卒三千人，会诸军击少诚许下。少诚失势以走，河南无事。

公曰："自吾舅殁，五乱于汴者，吾苗薅而发栉之几尽[15]；然不一揃[16]刈，不足令震骇。"命刘锷以其卒三百人待命于门，数之以数与于乱，自以为功，并斩之以徇，血流波道[17]。自是讫公之朝京师。廿有一年，莫敢有欢呶叫号于城郭者。

李师古作言起事[18]，屯兵于曹，以吓滑帅，且告假道[19]。公使谓曰："汝能越吾界而为盗邪？有以相待，无为空言！"滑师[20]告急，公使谓曰："吾在此，公无恐！"或告曰："翦棘夷道，兵且至矣，请备之！"公曰："兵来不除道也。"不为应。师古诈穷变索，迁延旋军[21]。

少诚以牛皮鞵[22]材遗师古，师古以盐资少诚，潜过公界，觉，皆留，输之库，曰："此于法不得以私相馈。"

田弘正之开魏博[23]，李师道[24]使来告曰："我代与田氏约相保援，今弘正非其族，又首变两河事[25]，亦公之所恶，我将与成德[26]合军讨之，敢告！"公谓其使曰："我不知利害，知奉诏行事耳，若兵北过河，我即东兵以取曹。"师道惧，不敢动，弘正以济。

诛吴元济也，命公都统诸军，曰："无自行，以遏北寇！"公请使子公武[27]以兵万三千人会讨蔡下；归财与粮，以济诸军；卒擒蔡奸。于是以公为侍中，而以公武为鄜坊丹延节度使[28]。

师道之诛，公以兵东下，进围考城，克之；遂进迫曹，曹寇乞降[29]。郓部[30]既平，公曰："吾无事于此，其朝京师[31]！"天子曰："大臣不可以暑行，其秋之待！"公曰："君为仁，臣为恭，可矣。"遂行。既至，献马三千匹，绢五十万匹，他锦纨绮缬[32]又三万，金银器千，而汴之库厩钱以贯数者，尚余百万，绢亦余百万匹，马七千，粮三百万斛，兵械多至不可数。初，公有汴，承五乱之后，掠赏之余，且敛且给，恒无宿储，至是公私充塞，至于露积不垣。册拜司徒，兼中书令。进见上殿，拜跪给扶[33]。赞元经体，不治细微，天子敬之。元和十五年，今天子即位，公为冢宰[34]，又除河中节度使[35]。在镇三年，以疾乞归，复拜司徒中书令。病不能朝，以长庆二年[36]十二月三日，薨于永崇里第[37]，年五十八。天子为之罢朝三日，赠太尉，赐布粟，其葬物有司官给之，京兆尹监护[38]。明年七月某日，葬于万年县[39]少陵原，京城东南三十里。楚国夫人翟氏祔[40]。子男二人，长曰肃元，某官，次曰公武，某官。肃元早死。公之将薨，公武暴病先卒，公哀伤之；月余，遂薨。无子，以公武子孙绍宗为主后。

汴之南则蔡，北则郓，二寇患公居间，为已不利，卑身佞辞，求与公好，荐女请昏，使日月至；既不可得，则飞谋钓谤，以间染我；公先事候情，坏其机牙，奸不得发，王诛以成，最功定次，孰与高下？公子公武，与公一时俱授弓钺，处藩为将，疆土相望；公武以母忧去镇，公母弟充自金吾代将渭北[41]；公以司徒中书令治蒲[42]，于时弟充自郑滑节度平宣武之乱，以司空居汴[43]，自唐以来，莫与为比。公之为治，严不为烦，止除害本，不多教条。与人必信，吏得其职。赋入无所漏失，人安乐之，在所以富。公与人有畛域，不为戏狎，人得一笑语，重于金帛之赐。其罪杀人，不发声色，问法何如，不自为轻重，故无敢犯者。

其铭曰：

在贞元世，汴兵五猘[44]，将得其人，众乃一愒[45]。其人为谁？韩姓许公，磔其枭狼，养以雨风，桑谷奋张[46]，厥壤大丰。贞元元孙[47]，命正我宇，公为臣宗，处得地所。河流两壖[48]，盗连为群，雄唱雌和，首尾一身。公居其间，为帝督奸[49]，察其嚬呻，与其睨眴[50]。左顾失视，右顾而跽。蔡先郓钽，三年而墟，槁干四呼，终莫敢濡，常山幽都[51]，孰陪孰扶，天施不留，其讨不逋，许公预焉，其赉何如？悠悠四方，既广既长。无有外事，朝廷之治。许公来朝，车马干戈，相乎将乎，威仪之多。将则是矣，相则三公，释师十万，归居庙堂。上[52]之宅忧，公让太宰，养安蒲坂[53]，万邦绝等。有弟有子，提兵守藩，一时三侯，人莫敢扳[54]。生莫与荣，殁莫与令，刻文此碑，以鸿厥庆。

---

①韩弘：匡城人，累官宣武节度使，宪宗用兵，拜为诸军行营都统使，吴元济平，封许国公。神道碑：立于墓前孔道，以纪死者

之生平，其与墓志铭不同处，为一在墓前，一在墓中。碑文称弘甚至，然据弘本传及李光颜传，宪宗讨蔡，诏以光颜军当一面，光颜先破贼，弘挟贼自重，恶光颜，饰名姝相遗，光颜严辞谢之，由此看来，愈所撰此文不符事实。 ②韩姬姓，以国氏：韩姓出自唐叔虞之后，曲沃桓叔之子万，食邑于韩，因以为氏。 ③颍川：秦置郡，今河南开封境。阳夏：汉县，隋改太康，唐因之，为今河南太康县。 ④许州：今河南许昌。汴州：今河南开封。 ⑤司徒：官名。玄佐：姓刘，滑州匡城人。 ⑥四州之地：建中二年正月，以宋州刺史刘玄佐为汴、宋、亳、颍节度使。颍：今安徽阜阳。 ⑦侃侃（kǎn）：不干虚誉也；一说和乐貌。 ⑧司徒卒，去为宋南城将：贞元八年二月，玄佐卒，四月，以其子士宁代为使，九年，军乱，逐士宁，以副使李万荣为使，弘出为宋州南城将。 ⑨汴军连乱不定：贞元十二年，李万荣病，其子乃自称兵马使，军乱，逐迺，以董晋为节度使，十五年，晋卒，以陆长源为使，军乱，杀长源，以刘逸淮为使。 ⑩刘逸淮：《旧唐书》传作逸准，后赐名全谅，怀州武陟（今焦作武陟）人。 ⑪韩甥：即韩弘，以其为玄佐之甥，故云。 ⑫曲环：陕州安邑（今山西夏县）人，为陈许节度使，贞元十五年八月卒。 ⑬吴少诚：幽州潞（今山西潞城）人，德宗以为申蔡光等州节度使，贞元十四年反。 ⑭啖（dàn）：以利诱。 ⑮“吾苗薅”句：《淮南子·兵略训》：“圣人之用兵也，若栉发薅苗，所去者少，而所利者多。” ⑯揃：剪断；分割。 ⑰血流波道：时汴州军多轻主师，刘锷为凶卒之魁，弘召锷与其党悉斩之，血流道中。 ⑱李师古：纳子。作：或作“诈”。 ⑲且告假：时德宗崩，告哀使未至，义成节度李元素密以遗诏示师古，师古欲乘国丧噬邻境，发兵屯曹州，且告假道于汴。曹州治济阴，在今山东曹县西北。义成军治滑州，今河南滑县，故曰滑帅。　⑳师：或亦作“帅”。　㉑迁延旋军：师古闻顺宗即位，乃罢兵。　㉒鞵（xié）：同“鞋”。　㉓田弘正：本名兴，字安道，赐名弘正，元和七年八月，魏博节度使田季安卒，子怀谏幼弱，军政皆决于家童蒋士则，众皆愤怒，时兴为兵马使，晨入府，士卒大噪环拜，请为留后。十月，诏以兴为节度使。　㉔李师道：师古异母弟，元和元年闰六月，师古卒，以师道为留后。　㉕首变两河事：谓弘正不请为留后，奉土地兵众，坐待诏命。　㉖成德：成德军治恒州，在今河北正定县北。时王承宗为成德节度使。　㉗公武：字从偃。据《新唐书》，弘不亲行，遣公武领兵属光颜，阴为逗挠计，此文与不合。㉘鄜坊丹延节度使：元和十二年十一月，录平淮西功，公武检校左散骑常侍渭北节度使，领鄜坊丹延节度使。　㉙曹寇乞降：弘本挟贼自重，元济既平，弘惧，元和十三年九月，自将兵击李师道，围曹州，十四年正月，拔考城，二月，平庐都将刘悟，击师道斩之。考城：今河南兰考。　㉚郓部：平庐自李正已后，兼领兖郓诸州，故曰郓部。　㉛朝京师：李师道诛，弘大惧，因请入朝。　㉜绮：今之细绫。缬（xié）：有花纹的丝织品。　㉝拜跪给扶：晋宋故事，位尊年耆者，加兵给扶。　㉞冢宰：穆宗即位，以弘摄冢宰。㉟河中：河中治今山西永济县。　㊱长庆：穆宗年号。　㊲永崇里第：唐长安城东第一街第九永崇坊，为韩弘宅。　㊳京兆尹监护：愈时以京兆尹监护其丧。　㊴万年县：今陕西西安长安区。㊵祔：合葬。　㊶充：充本名璀，初为右金吾卫将军，元和十五年，代公武镇渭北。　⑫蒲：今山西永济市。　⑬司空居汴：长庆二年七月，汴州逐节度李愿，立牙将李岕为留后，充自义成节度移镇宣武，八月，汴州监军斩岕降，充入汴州。　⑭猘（zhì）：狂犬。谓刘玄佐死后之汴州五乱。　⑮愒（qì）：息，与“憩”同。　⑯奋：暴长。　⑰贞元：宪宗也。　⑱堧（ruán）：江河边地。　⑲督：监察。　⑳睨眴（nì xún）：邪视。　㉑常山：恒州，指成德军。幽都：幽州，指卢龙军。㉒上：谓穆宗。　㉓蒲坂：在今山西永济市。此指弘出镇河中。㉔扳：与“攀”同。

其志。其年八月甲申，从葬河南府河阴[13]县之广武原。

君于为义若嗜欲，勇不顾前后，于利与禄，则畏避退处，如怯夫然[14]。始举进士第，自金吾卫录事为大理评事，佐昭义军[15]。军帅死[16]，从史自其军诸将代为帅，请君曰："从史起此军行伍中，凡在幕府，唯公无分寸私，公苟留，唯公之所欲为！"君不得已，留一岁，再奏自监察御史至殿中侍御史[17]。从史初听用其言，得不败，后不听信，恶益闻，君弃去，遂败。

祖某，某官，赠某官；父某，某官，赠某官。君始娶弘农[18]杨氏女，卒，又娶其舅宋州刺史京兆[19]韦屺女，皆有妇道。凡生一男四女，皆幼。前夫人从葬舅姑兆次，卜人曰："今兹岁未可以祔。"从卜人言，不祔。君母兄戣，尚书兵部员外郎。母弟戡，殿中侍御史，以文行称朝廷；将葬，以韦夫人之弟前进士楚材之状授愈曰："请为铭！"铭曰：

允义孔君，兹惟其藏，更千万年，无敢坏伤。

---

①孔君：名戡，孔子三十八世孙，时与愈分司东都，卒，愈为此铭。　②昭义：昭义军治潞州，今山西长治市。　③贞元二十年八月，以卢从史为昭义节度使，从史表戡为书记。　④从史为不法：从史既得志，浸恣不道，至夺部将妻。　⑤章辞：章奏之辞。　⑥不得为此：从史与王承宗、田绪阴相连结，欲效河朔事以固其位，戡每秉笔，至不轨之言，极言其不可。　⑦李公镇扬州：元和二年九月，以宰相李吉甫为淮南节度使。使扬州。

⑧吕元膺封还诏书：贞元中，藩帅诬奏从事者，皆不验理，即降黜，及戡诏下，吕元膺执之，帝令慰谕，元膺方下诏。元膺：字景夫，郓州东平（今山东东平）人。　⑨临汝：县名，故城在今河南嵩县东。　⑩诏缚从史送阙下：从史丁父忧，献计诛王承宗，由是夺服复领泽潞，因诏讨贼，从史奉诏，勒兵逗留，阴与承宗连，宪宗敕吐突承璀以计执之，送京师。　⑪流于日南：从史被执至京师，贬驩州司马。日南：郡名，今越南中北部等处，驩州即在日南。⑫信：读如“伸”。　⑬河阴：县名，今河南荥阳。　⑭“君于为义若嗜欲”五句：此文全篇只写一事，惟此五句在事外，然止是虚写。　⑮佐昭义军：时李长荣为昭义节度使。　⑯军帅死：贞元二十年六月，李长荣卒。　⑰从史初甚重戡，故一岁中奏迁其官者再。　⑱弘农：县名，故城在今河南灵宝市东。　⑲京兆：唐时帝都所在，即今陕西西安。

试大理评事王君墓志铭

君讳适，姓王氏，好读书，怀奇负气，不肯随人后举选。见功业有道路可指取，有名节可以戾契致[①]，困于无资地，不能自出，乃以干诸公贵人，借助声势；诸公贵人既志得，皆乐熟软媚耳目者，不喜闻生语，一见辄戒门以绝。上初即位[②]，以四科募天下士[③]，君笑曰："此非吾时邪？"即提所作书，缘道歌吟，趋直言试[④]。既至，对语惊人。不中第，益困[⑤]。

久之，闻金吾李将军[⑥]年少喜士，可撼，乃蹐门[⑦]告曰："天下奇男子王适，愿见将军白事！"一见语合意，往来门下。卢从史既节度昭义军，张甚，奴视法度士，欲闻无顾忌大语，有以君生平告者，即遣客钩致，君曰："狂子不足以共事！"立谢客。李将军由是待益厚，奏为其卫胄曹参军，充引驾仗判官，尽用其言。将军迁帅凤翔[⑧]，君随往，改试大理评事，摄监察御史观察判官，栉垢爬痒，民获苏醒。居岁余，如有所不乐，一旦载妻子入阌乡[⑨]南山，不顾。中书舍人王涯、独孤郁，吏部郎中张惟素，比部郎中韩愈，日发书问讯；顾不可强起，不即荐。明年九月，疾病，舆医京师；其月某日卒[⑩]，年四十四。十一月某日，即葬京城西南长安县界中。

曾祖爽，洪州武宁令[⑪]。祖微，右卫骑曹参军。父嵩，苏州昆山丞⑫。妻上谷⑬侯氏处士高女。高固奇士，自方阿衡太师⑭，世莫能用吾言；再试吏，再怒去，发狂投江水⑮。初，处士将嫁其女，惩曰："吾以龃龉穷⑯，一女怜之，必嫁官人，不以与凡子！"君曰："吾求妇氏久矣，唯此翁可人意；且闻其女贤，不可以失！"即谩谓媒妪⑰："吾明经及第，且选，即官人，侯翁女幸嫁，若能令翁许我，请进百金为妪谢！"诺许白翁。翁曰："诚官人邪？取文书来！"君计穷吐实。妪曰："无苦！翁大人，不疑人欺，我得一卷书，粗若告身者⑱，我袖以往，翁见，未必取眎，幸而听我，行其谋。"翁望见文书衔袖，果信不疑，曰："足矣！"以女与王氏。生三子，一男二女；男三岁夭死，长女嫁亳州永城⑲尉姚挺，其季始十岁。

铭曰：

鼎也不可以柱车，马也不可以守闾⑳。佩玉长裾，不利走趋。只系其逢，不系巧愚。不谐其须，有衔不祛㉑。钻石埋辞，以列幽墟。

---

①名节可以戾契致：句谓名节可以扭转枝节而致之。　②上：宪宗也。　③四科募天下士：元和元年四月，试博通坟典达于教化科，才识兼茂明于体用科，达于吏理可使从政科，军谋宏远堪任将帅科。　④趋直言试：适被举贤至方正直言极谏科。　⑤益困：以直见黜。　⑥李将军：李惟简。时为金吾卫大将军。　⑦蹐：小步，一作"踏"。　⑧迁帅凤翔：元和六年五月，以惟简为凤翔陇州节度使。凤翔：今陕西凤翔县。　⑨阌（wén）乡：

本乡名，唐弘农胡县有阌乡，在今河南灵宝。　⑩其月某日：按上文推算，当是元和九年。　⑪武宁：县名，今江西武宁县。⑫昆山：县名，今江苏昆山。　⑬上谷：郡名，今河北易县。⑭阿衡：商官名，伊尹为之，阿倚衡平也，汤倚伊尹而取平，故以为官名。太师：吕尚，为武王之师，故称师尚父，又称太师。⑮发狂投江水：高初隐于庐山，宰盱眙、信安、剡三县，皆有政绩，后得心疾。　⑯龃龉：齿不正而参差出入，与世不合者曰龃龉。⑰妪（yù）：老妇通称。　⑱告身：唐制，奏授判补之官皆给以符，谓之告身，犹今之补官文凭。　⑲永城：县名，今河南永城市。　⑳“鼎也”二句：《淮南子》：“柱不可以摘齿，筐不可以持屋，马不可以服重，牛不可以追速。”愈二语即取此意。㉑有衔不祛：喻抱负不得伸展。

柳子厚墓志铭[1]

子厚，讳宗元。七世祖庆，为拓跋魏侍中，封济阴公[2]。曾伯祖奭，为唐宰相，与褚遂良、韩瑗俱得罪武后，死高宗朝[3]。皇考讳镇，以事母弃太常博士，求为县令江南；其后以不能媚权贵，失御史[4]，权贵人死，乃复拜侍御史，号为刚直，所与游，皆当世名人。

子厚少精敏，无不通达，逮其父时，虽少年，已自成人。能取进士第，崭然见头角[5]，众谓柳氏有子矣。其后以博学宏词[6]，授集贤殿正字[7]，俊杰廉悍，议论证据今古，出入经史百子，踔厉风发[8]，率常屈其座人，名声大振，一时皆慕与之交；诸公要人，争欲令出我门下，交口荐誉之。

贞元十九年，由蓝田尉拜监察御史[9]。顺宗[10]即位，拜礼部员外郎。遇用事者[11]得罪，例出为刺史；未至，又例贬州司马[12]。居闲，益自刻苦，务记览为词章，泛滥停蓄，为深博无涯涘，而自肆于山水间。元和中[13]，尝例召至京师，又偕出为刺史，而子厚得柳州[14]。既至，叹曰："是岂不足为政邪！"因其土俗，为设教禁，州人顺赖。其俗以男女质钱，约不时赎，子本相侔，则没为奴婢，子厚与设方计，悉令赎归；其尤贫力不能者，令书其佣，足相当，则使归其质。观察使下其法于他州，比一岁，免而归者且千人。衡湘以南，为进士者，皆以子厚为师，其经承子厚口讲指画为文词者，悉有法度可观。

其召至京师而复为刺史也⑮，中山⑯刘梦得禹锡亦在遣中，当诣播州⑰，子厚泣曰："播州非人所居，而梦得亲在堂，吾不忍梦得之穷，无辞以白其大人；且万无母子俱往理！"请于朝，将拜疏，愿以柳易播，虽重得罪，死不恨；遇有以梦得事白上者，梦得于是改刺连州⑱。呜呼！士穷乃见节义，今夫平居里巷相慕悦，酒食游戏相征逐，诩诩⑲强笑语，以相取下，握手出肺肝相示，指天日涕泣，誓生死不相背负，真若可信，一旦临小利害，仅如毛发比，反眼若不相识，落陷井，不一引手救，反挤之，又下石焉者，皆是也；此宜禽兽夷狄所不忍为，而其人自视以为得计，闻子厚之风，亦可以少愧矣！

子厚前时少年，勇于为人⑳，不自贵重顾藉㉑，谓功业可立就，故坐废退；既退，又无相知有气力得位者推挽，故卒死于穷裔，材不为世用，道不行于时也。使子厚在台省时㉒，自持其身，已能如司马刺史时，亦自不斥；斥时，而有人力能举之，且必复用不穷。然子厚斥不久，穷不极，虽有出于人，其文学辞章，必不能自力，以致必传于后，如今无疑也；虽使子厚得所愿，为将相于一时㉓，以彼易此，孰得孰失，必有能辨之者。

子厚以元和十四年十一月八日卒，年四十七。以十五年七月十日，归葬万年㉔先人墓侧。子厚有子男二人，长曰周六，始四岁，季曰周七，子厚卒，乃生。女子二人，皆幼。其得归葬也，费皆出观察使河东裴君行立㉕，行立有节概，立然诺，与子厚结交，子厚亦为之尽，竟赖其力。葬子厚于万年之墓者，舅弟卢遵。遵，涿人㉖，性谨慎，学问不厌；自子厚之斥，遵从而家焉，逮其死，不去；既往葬子厚，又将经纪其家，庶几有始终者。

铭曰：

是惟子厚之室，既固既安，以利其嗣人。

---

①《柳子厚墓志铭》：柳子厚死，愈为文祭之，又作此。②庆，字更兴，河东解人，仕周为宜州刺史，封平齐县公，其封济阴公者，乃子厚六世祖旦，庆之子，疑误。拓跋，魏姓，鲜卑谓土为拓，谓后为跋，魏自称黄帝之苗裔，黄帝以土德王，故以拓跋为氏。济阴，郡名，治今山东定陶县。　③奭：字子邵，贞观中，为吏部尚书，永徽二年，以奭同中书门下三品，五年，贬象州刺史，许敬宗等构其与褚遂良朋党，遣使杀之。褚遂良：字登善，钱唐人，谏立武后，因贬黜，以忧卒。韩瑗：字伯玉，京兆三原人，以救遂良，贬死。武后，名曌，太宗时为昭仪，高宗立为后。高宗：太宗子，名治。　④失御史：肃宗平贼，镇上书言事，擢左卫率府兵曹参军，佐郭子仪朔方府，三迁殿中侍御史，以事触宝参，被贬，宗元作《先友记》，谓镇所厚者六十六人，且曰："先君之所与者，凡天下之善士举集焉。"　⑤崭然：高峻貌。见头角：峥嵘之象。见，同"现"。　⑥博学宏词：取士科名，唐始有之，不常开，所以考拔淹通能文之士。　⑦集贤殿正字：官名，盖称校雠之役；

一作授校书郎。　　⑧踔（chuō）厉风发：此指议论层出不穷。　⑨蓝田：县名，今陕西蓝田县。尉：官名，县令之副。唐时各道设监察御史，主察官吏。　　⑩顺宗：德宗子，名诵。　　⑪用事者：指王叔文。宗元初与叔文善，叔文用事，引宗元将大用，及叔文败，坐贬。　　⑫州司马：州司马上当有永字。宪宗即位，贬宗元邵州刺史，又道贬永州司马。永州：今湖南零陵。　　⑬元和中：元和九年冬。　　⑭得柳州：元和十年三月，以宗元为柳州刺史。　⑮其召至京师而复为刺史：叔文党坐贬者，十年不量移，至是执政有怜其才者，欲渐进之，悉召至京师，谏官言不可，帝与武元衡亦恶之，乃悉以为远州刺史。　　⑯中山：今河北定县。　　⑰刘梦得：名禹锡，与宗元友善，亦以附王叔文被贬，至是得播州。播州：今贵州遵义。　　⑱改刺连州：时御史中丞裴度上奏，因改禹锡连州。连州：今广东连州。　　⑲诩诩：和集貌。　　⑳为：助。二句盖贬之，然不欲直斥其非，故云勇于为人。　　㉑顾藉：犹顾措。　㉒子厚在台省时：唐时尚书省为中台，门下省称东台，中书省称西台，皆在禁省，总称曰台省。　　㉓为将相于一时：此假设柳宗元因王叔文而得为将相。　　㉔万年：县名，今陕西临潼。　　㉕裴行立：绛州稷山人，元和十二年，为桂管观察使。　　㉖涿：县名，今河北涿州。

唐故闲散大夫尚书库部郎中郑君墓志铭[1]

君讳群，字弘之，世为荥阳人[2]。其祖于元魏时[3]，有假封襄城公者[4]，子孙因称以自别。曾祖匡时，晋州霍邑令[5]。祖千寻，彭州九陇丞[6]。父迪，鄂州唐年令[7]；娶河南独孤氏女，生二子，君其季也。以进士选吏部，考功所试判为上等，授正字，自鄠县[8]尉拜监察御史，佐鄂岳使[9]。裴均之为江陵[10]，以殿中侍御史佐其军。均之征也[11]，迁虞部员外郎[12]。均镇襄阳[13]，复以君为襄府左司马、刑部员外郎，副其支度使事。均卒，李夷简代之[14]，因以故职留君。岁余，拜复州刺史[15]，迁祠部郎中[16]。会衢州[17]无刺史，方选人，君愿行，宰相即以君应诏。治衢五年，复入为库部郎中，行及扬州，遇疾；居月余，以长庆元年八月二十四日卒，春秋六十[18]。即以其年十一月二十二日，从葬于郑州广武原先人之墓次。

君天性和乐，居家事人，与待交游，初持一心，未尝变节有所缓急、曲直、薄厚、疏数也[19]。不为翕翕热[20]，亦不为崖岸斩绝之行。俸禄入门，与其所过逢，吹笙弹筝，饮酒舞歌，诙调醉呼，连日夜不厌，费尽不复顾问；或分挈以去，一无所爱惜，不为后日毫发计留也。遇其空无时，客至，清坐相看，或竟日不能设食，客主各自引退，亦不为辞谢。与之游者，自少及老，未尝见其言色有若忧叹者，岂列御寇、庄周等所谓近于道者邪[21]？其治官守身，又极谨慎，不挂于过差；去官而人民思之，身死而亲故无所怨议，哭之皆哀，又可尚也！

初娶吏部侍朗京兆韦肇女[22]，生二女一男。长女嫁京兆韦词，次嫁兰陵[23]萧儹。后娶河南少尹赵郡[24]李则女，生一女二男。其余男二人，女四人，皆幼。嗣子退思，韦氏生也。

铭曰：

再鸣以文进涂辟[25]。佐三府治蔼厥迹[26]。郎官郡守愈著白。洞然浑朴绝瑕谪。甲子一终反玄宅[27]。

---

①魏尚书有库部，唐置库部郎中员外郎，为兵部之属司。愈在江陵，与郑群同官，至是铭之。　②荥阳：县名，今河南荥阳。③元魏：魏本姓拓跋，孝文帝改姓元，故云元魏。　④有假封襄城公者：群先祖有名伟者，字子直，西魏大统中，封襄城郡公。襄城：县名，在今河南襄城县。　⑤霍邑：县名，今山西霍县，唐属河东道晋州。　⑥九陇：县名，今四川彭县，唐剑南道彭州治此。　⑦唐年：县名，今湖北崇阳县，唐属江南道鄂州。　⑧鄠县：唐属京兆，今陕西鄠县。　⑨鄂岳：鄂州、岳州。鄂州，今湖北武昌，岳州，今湖南岳阳。　⑩裴均：字君齐，河东闻喜人，贞元十九年五月，自荆南行军司马为本军节度使。江陵：今湖北江陵县。　⑪均之征也：元和三年四月，召均为尚书左仆射。⑫虞部：官名，魏尚书有虞曹郎，北朝置虞部尚书，唐改为虞部郎中员外郎，属工部，掌山泽苑囿。　⑬均镇襄阳：元和三年九月，

加均同平章事，为山南东道节度使。襄阳：今湖北襄阳，唐为襄州，山南东道节度使治所。　⑭李夷简：字易之，元和六年四月，代均镇襄阳，五月，均卒。　⑮复州：今湖北仙桃。　⑯祠部：官名，魏尚书有祠部，掌礼制，北朝改为礼部，隋唐别置祠部曹，属于礼部。　⑰衢州：在今浙江。　⑱春秋：年龄。　⑲数：密。数与疏为反义对文。　⑳不为翕翕热：谓权门有炙手可热之势而群不为。《尔雅·释训》："翕翕訿訿，莫供职也。"言贤者陵替，背公恤私旷职事也。　㉑列御寇：战国郑人，与庄周同时，著有《列子》，多寓言。庄周：战国蒙人，尝为漆园吏，著有《庄子》，皆寓言。　㉒京兆：今陕西西安。韦肇：京兆人，官至吏部侍郎。　㉓兰陵：县名，今山东苍山县南。　㉔赵郡：今河北赵县。　㉕再鸣：进士及书判拔萃。　㉖三府：鄂岳、江陵、襄府。　㉗玄宅：清净无为之地。

殿中少监马君墓志[①]

君讳继祖，司徒赠太师北平庄武王之孙[②]，少府监赠太子少傅讳畅之子[③]。生四岁，以门功拜太子舍人。积三十四年，五转而至殿中少监。年三十七以卒。有男八人，女二人。

始余初冠，应进士，贡在京师，穷不自存，以故人稚弟拜北平王于马前[④]，王问而怜之，因得见于安邑里第[⑤]。王轸[⑥]其寒饥，赐食与衣，召二子使为之主；其季遇我特厚，少府监赠太子少傅者也。姆[⑦]抱幼子立侧，眉眼如画，发漆黑，肌肉玉雪可念[⑧]，殿中君也。当是时，见王于北亭，犹高山深林巨谷，龙虎变化不测，杰魁人也[⑨]。退见少傅，翠竹碧梧，鸾鹄停峙[⑩]，能守其业者也。幼子娟好静秀，瑶环瑜珥，兰茁其牙[⑪]，称其家儿也。后四五年，吾成进士[⑫]，去而东游，哭北平王于客舍[⑬]，后十五六年，吾为尚书都官郎，分司东都，而分府，少傅卒[⑭]，哭之。又十余年，至今哭少监焉[⑮]。呜呼！吾未耄老，自始至今，未四十年，而哭其祖子孙三世，于人世何如也[⑯]！人欲久不死，而观居此世者，何也？

---

①一本志下有“铭”字，然古者书旌柩前，即谓之铭，不必有韵之文，始可称铭也。　②北平庄武王：北平王，名燧，字洵美，

德宗时大将，与李晟浑瑊齐名。 ③畅：燧次子，娶卢氏，生子二，长敖，次即继祖。 ④故人稚弟：贞元三年，平凉之盟，马燧预议，韩弇为判官，死于此事。弇：愈之兄。 ⑤安邑里第：唐皇城第二街次南安邑坊奉诚园，即马燧宅。 ⑥轸：悼闵。⑦姆：妇人年五十无子，出而不复嫁，能以妇道教人者。 ⑧玉雪：洁白之意。数语美少监之幼时，只以四句了之，通体所重，不在此人也。 ⑨杰魁人：燧身长六尺二寸，故称。 ⑩鸾鹄停峙：谓犹鸾鹤停峙于碧梧之上。 ⑪茁：草初生貌。 ⑫成进士：贞元八年。 ⑬哭北平王于客舍：贞元十一年五月，愈东归河阳，八月，燧卒。 ⑭分府：分司官之称。元和五年，畅卒。⑮哭少监：长庆初，继祖卒。 ⑯于人世何如也：一说此六字疑衍。

故幽州节度判官赠给事中清河张君墓志铭[①]

张君，名彻，字某。以进士累官至范阳府监察御史[②]。长庆元年，今牛宰相为御史中丞[③]，奏君名迹中御史选，诏即以为御史；其府惜，不敢留，遣之，而密奏："幽州将父子继续，不廷选且久，今新收，臣又始至[④]，孤怯，须强佐乃济。"发半道，有诏以君还之，仍迁殿中侍御史，加赐朱衣银鱼[⑤]。至数日，军乱，怨其府从事，尽杀之，而囚其帅[⑥]；且相约：张御史长者，毋侮辱轹蹙我事，无庸杀，置之帅所[⑦]。居月余，闻有中贵人自京师至，君谓其帅："公无负此土人，上使至，可因请见自辨，幸得脱免归。"即推门求出。守者以告其魁，魁与其徒皆骇曰："必张御史，张御史忠义，以为其帅告此，余人不如迁之别馆[⑧]。"即与众出君。君出门骂众曰："汝何敢反！前日吴元济斩东市[⑨]，昨日李师道斩于军中[⑩]，同恶者父母妻子皆屠死，肉喂狗鼠鸱鸦[⑪]，汝何敢反！汝何敢反！"行且骂，众畏恶其言，不忍闻，且虞生变，即击君以死。君抵死，口不绝骂，众皆曰："义士！义士！"或收瘗之以俟。事闻，天子壮之，赠给事中。其友侯云长佐郓使，请于其帅马仆射[⑫]，为之选于军中，得故与君相知张恭李元实者，使以币请之范阳，范阳人义而归之。以闻，诏所在给船舆，传归其家，赐钱物以葬。长庆四年四月某日，其妻子以君之丧葬于某州某所。

君弟复亦进士⑬，佐汴宋，得疾，变易丧心，惊惑不常；君得闲，即自视衣褥薄厚，节时其饮食，而匕箸进养之，禁其家，无敢高语出声，医饵之药，其物多空青、雄黄诸奇怪物⑭，剂钱至十数万，营治勤剧，皆自君手，不假之人。家贫，妻子常有饥色。

祖某⑮，某官。父某⑯，某官。妻韩氏，礼部郎中某之孙⑰，汴州开封尉某之女⑱，于余为叔父孙女，君常从余学，选于诸生而嫁与之；孝顺只修，群女效其所为。男若干人，曰某，女子曰某。

铭曰：

呜呼彻也！世慕顾以行⑲，子揭揭也⑳。噎喑以为生㉑，子独割也㉒。为彼不清，作玉雪也。仁义以为兵，用不缺折也。知死不失名，得猛厉也㉓。自申于暗明，莫之夺也，我铭以贞之，不肖者之呾也㉔。

---

①张彻为范阳府监察御史，其帅张弘靖也，志不出弘靖姓名，愈鄙张之请，故没之，铭辞噎喑以为生，盖即谓之乎。　②“以进士累官”句：彻为元和四年进士。范阳府，治幽州，故治在今北京大兴县西南，帅即弘靖。　③牛宰相：名僧儒。　④臣又始至：长庆元年三月，以幽州节度使刘总为太平军节度使，张弘靖代总。　⑤银鱼：唐时五品以上官章服，银饰之鱼也。　⑥囚其帅：长庆元年七月，幽州军乱，囚张弘靖于蓟（jì）门馆，杀判官韦

雍、张宗元、崔仲卿等。　⑦置之帅所：乱军以彻长者，不杀，置之于蓟门馆。　⑧骇曰四句：余人非畔者党也，恐其以言动之。⑨吴元济斩东市：元和十二年十一月，吴元济斩于独柳树。　⑩李师道斩于军中：元和十四年二月，李师道为其兵马使刘悟所杀。⑪鸱：鸢。　⑫马仆射：即马总，扶风人，郓曹濮节度使，长庆二年，迁右仆射。　⑬复亦进士：复为元和元年进士。　⑭空青：产铜矿中，大块中空有水者良，治眼疾，一名杨梅青。雄黄：亦矿物，其明彻如鸡冠者佳，谓之雄精。　⑮祖某：一作“祖践”。　⑯父某：一作“父休”。　⑰某之孙：云卿之孙。⑱某之女：俞之女。　⑲慕顾：瞻慕顾虑。　⑳揭揭：独行貌。㉑噎喑：禁不敢言。　㉒割：害。言独受其害。　㉓厉：古音烈。　㉔呾（dá）：呵斥。言口矢所集。此铭盖法《兔罝》《鱼丽》等诗，上下隔句用韵。

杂 文

毛颖传[1]

毛颖者，中山人也[2]。其先明眎[3]，佐禹治东方土[4]，养万物有功，因封于卯地[5]，死为十二神[6]。尝曰："吾子孙神明之后，不可与物同，当吐而生[7]。"已而果然。明眎八世孙𩣑[8]，世传当殷时，居中山，得神仙之术，能匿光使物，窃姮娥，骑蟾蜍入月[9]，其后代遂隐不仕云。居东郭者曰㕙[10]，狡而善走，与韩卢争能，卢不及，卢怒，与宋鹊谋而杀之，醢其家[11]。

秦始皇时，蒙将军恬[12]南伐楚，次中山，将大猎以惧楚，召左右庶长与军尉以《连山》筮之[13]，得天与人文之兆，筮者贺曰："今日之获，不角不牙，衣褐之徒，缺口而长须，八窍而趺居，独取其髦，简牍是资，天下其同书，秦其遂兼诸侯乎[14]！"遂猎，围毛氏之族，拔其豪，载颖而归，献俘于章台宫[15]，聚其族而加束缚焉。秦皇帝使恬赐之汤沐，而封诸管城，号曰管城子[16]，日见亲宠任事。颖为人，强记而便敏，自结绳之代[17]，以及秦事，无不纂录。阴阳、卜筮、占相、医方、族氏、山经、地志、字书、图画、九流、百家天人之书，及至浮图、老子、外国之说，皆所详悉。又通于当代之务，官府簿书，市井货钱，注记惟上所使。自秦皇帝及太子扶苏、胡亥⑱，丞相斯⑲、中车府令高⑳、下及国人，无不爱重。又善随人意，正直邪曲巧拙，一随其人；虽见废弃，终默不泄，惟不喜武士，然见请，亦时往。累拜中书令，与上益狎，上尝呼为“中书君”。上亲决事，以衡石自程㉑，虽宫人不得立左右，独颖与执烛者常侍，上休，方罢。颖与绛人陈玄㉒，弘农陶泓㉓，及会稽褚先生㉔友善，相推致，其出处必偕；上召颖，三人者不待诏，辄俱往，上未尝怪焉。

后因进见，上将有任使，拂拭之，因免冠谢，上见其发秃，又所摹画不能称上意，上嘻笑曰：“中书君老而秃，不任吾用，吾尝谓君中书，君今不中书邪？”对曰：“臣所谓尽心者。”因不复召，归封邑，终于管城。其子孙甚多，散处中国夷狄，皆冒管城，惟居中山者，能继父祖业。

太史公曰：毛氏有两族：其一姬姓，文王之子封于毛，所谓鲁、卫、毛、聃者也㉕，战国时，有毛公毛遂㉖；独中山之族，不知其本所出，子孙最为蕃昌。《春秋》之成，见绝于孔子㉗，而非其罪。及蒙将军拔中山之豪，始皇封诸管城，世遂有名。而姬姓之毛无闻，颖始以俘见，卒见任使，秦之灭诸侯，颖与有功，赏不酬劳，以老见疏，秦真少恩哉！

---

①毛颖：笔也。愈作此传，当时颇有非之者，然其流实出于庄周寓言或谓愈此文不下史迁。　②中山：战国时国名，非治今河北定县之中山也，在溧水县东，出兔毫，为笔最精。　③其先明

眎：《礼记·曲礼》：“兔曰明眎。”眎，与“视”同。　④佐禹治东方土：堪舆家二十四方位，东方甲卯。　⑤卯地：星命家十二神，卯属兔。　⑥十二神：地支十二，卯居第四。　⑦当吐而生：《参同契》：“兔者吐生光。”《博物志》：“兔望月而孕，自吐其子，故谓之兔，兔者吐也。”　⑧䨲（nuò）：刚出生的兔子。俗呼曰“䴘”，“䨲”与“䴘”同。　⑨“窃姮娥”二句：月者，阴精之宗，积而成兽，见《后汉书·天文志》注。《淮南子·览冥训》：“羿请不死之药于西王母，姮娥窃之以奔月。”姮娥：羿妻。　⑩㕙（jùn）：狡兔。　⑪与宋鹊谋而杀之，醢其家：《国策》：“韩子卢者，天下之疾犬也，东郭逡者，天下之狡兔也，韩子卢逐东郭逡，环山者三，腾山者五，兔极于前，犬废于后，犬兔俱罢，各死其处。”宋鹊：宋之良犬。醢（hǎi）：肉酱。此处用作动词。　⑫蒙将军恬：秦始皇时人，始作笔。《古今注》：“以柘木为管，鹿毛为柱，羊毛为被。”所谓苍毫也。⑬左右庶长：秦爵，商鞅所制，十曰左庶长，十一曰右庶长。军尉：军中尉史。《易》有三：《连山》为夏《易》，以艮为首；《归藏》商《易》，以坤为首；《周易》以乾为首。　⑭“筮者贺曰”句：筮词皆用古韵，《诗经·祈父》：“予王之爪牙，靡所止居。”古牙居通，髦与资书亦然，今北人语犹谓毛为谟。　⑮章台宫：秦宫名。　⑯管城：周初管叔所封，春秋郑地，隋置管城县，今河南郑州；笔以管冒之，故借用焉。　⑰结绳之代：上古未有文字，结绳以记事，故曰结绳之代。　⑱扶苏：始皇长子。胡亥：始皇次子。始皇崩，赵高矫诏杀扶苏，立胡亥，号二世皇帝。　⑲丞相：秦官名。斯：李斯。　⑳中车府令：秦官，主乘舆路车者。

高：赵高。　㉑以衡石自程：《史记·秦始皇纪》："天下之事，无大小皆决于上，上至以衡石量书，日夜有程。"衡石：权其轻重。㉒陈玄：墨。绛：郡，在今山西，岁贡墨千四百七十梃。　㉓陶泓：砚。弘农郡，今陕西灵宝，岁贡砚瓦十具。　㉔褚先生：纸。王羲之为会稽谢公乞纸，库中惟有九万板，悉与之。　㉕鲁卫毛聃：皆周同姓，见《左传》僖公二十四年。　㉖毛公：战国赵隐士，见《史记·信陵君传》。毛遂：赵人，见《史记·平原君传》。㉗"《春秋》之成"两句：孔子作《春秋》，绝笔于鲁哀公获麟之岁。

送穷文

元和六年正月乙丑晦，主人使奴星结柳作车，缚草为船，载糗与粻①，牛系轭下②，引帆上樯，三揖穷鬼而告之曰："闻子行有日矣，鄙人不敢问所涂，窃具船与车，备载糗粻，日吉时良，利行四方，子饭一盂，子啜一觞，携朋挈俦，去故就新，驾尘彍风③，与电争先，子无底滞之尤，我有资送之恩，子等有意于行乎？"屏息潜听，如闻音声，若啸若啼，砉欻嘎嘤④，毛发尽竖，竦（sǒng）肩缩颈，疑有而无，久乃可明。若有言者曰："吾与子居，四十年余，子在孩提，吾不子愚，子学子耕，求官与名，惟子是从，不变于初。门神户灵，我叱我呵。包羞诡随，志不在他。子迁南荒⑤，热烁湿蒸。我非其乡，百鬼欺陵。太学四年，朝齑暮盐，唯我保汝，人皆汝嫌。自初及终，未始背汝，心无异谋，口绝行语⑥，于何听闻，云我当去？是必夫子信谗，有间于予也。我鬼非人，安用车船，鼻嗅臭香，糗粻可捐。单独一身，谁为朋俦，子苟备知，可数已不⑦。子能尽言，可谓圣智，情状既露，敢不回避。"

主人应之曰："子以吾为真不知也邪？子之朋俦，非六非四，在十去五，满七除二，各有主张，私立名字，捩手覆羹，转喉触讳，凡所以使吾面目可憎，语言无味者，皆子之志也。

其名曰智穷，矫矫亢亢[8]，恶圆喜方，羞为奸欺，不忍害伤。其次名曰学穷，傲数与名，摘抉杳微，高挹群言，执神之机。又其次曰文穷，不专一能，怪怪奇奇，不可时施[9]，祇以自嬉。又其次曰命穷，影与形殊，面丑心妍，利居众后，责在人先。又其次曰交穷，磨肌戛骨，吐出心肝，企足以待，寘我仇冤。凡此五鬼，为吾五患，饥我寒我，兴讹造讪，能使我迷，人莫能闲，朝悔其行，暮已复然，蝇营狗苟，驱去复还。”

言未毕，五鬼相与张眼吐舌，跳踉[10]偃仆，抵掌顿脚，失笑相顾，徐谓主人曰：“子知我名，凡我所为，驱我令去，小黠大痴。人生一世，其久几何，吾立子名，百世不磨。小人君子，其心不同，惟乖于时，乃与天通。携持琬琰[11]，易一羊皮，饫于肥甘，慕彼糠糜。天下知子，谁过于予，虽遭斥逐，不忍子疏，谓予不信，请质《诗》《书》！”

主人于是垂头丧气，上手称谢[12]，烧车与船，延之上座。

---

①糗：麦也。粻（zhāng）：粮。　②轭（è）：控制马的曲木。　③彉（guō）：张，迅疾。　④砉欻嘤嘤：形容其声之厉也。砉（xū）：皮骨相离声。欻（xū）：呼吸急促。嘤（yōu）：叹声。嘤：鸟鸣。　⑤子迁南荒：谓谪阳山令时。　⑥口绝行语：言我初无欲行之语。　⑦已：与“以”同，以又与“与”同。⑧矫矫亢亢：刚直貌。　⑨不可时施：谓不可施于时。　⑩跳踉（liáng）：足乱动貌。　⑪琬琰：美玉名。　⑫上手：举手。

鳄鱼文[1]

维年月日[2]，潮州刺史韩愈，使军事衙推[3]秦济，以羊一猪一，投恶溪之潭水[4]，以与鳄鱼食，而告之曰：昔先王既有天下，列[5]山泽，罔绳擉刃[6]，以除虫蛇恶物为民害者，驱而出之四海之外。及后王德薄，不能远有，则江汉之间，尚皆弃之，以与蛮夷楚越，况潮，岭海之间，去京师万里哉！鳄鱼之涵淹卵育于此[7]，亦固其所。

今天子[8]嗣唐位，神圣慈武，四海之外，六合之内[9]，皆抚而有之，况禹迹所掩，扬州之近地[10]，刺史县令之所治，出贡赋以供天地宗庙百神之祀之壤者哉！鳄鱼其不可与刺史杂处此土也。刺史受天子命，守此土，治此民，而鳄鱼睅然[11]不安溪潭据处[12]，食民畜熊豕鹿獐，以肥其身，以种其子孙，与刺史亢拒，争为长雄。刺史虽驽弱，亦安肯为鳄鱼低首下心[13]，伈伈睍睍[14]，为民吏羞，以偷活于此邪！

且承天子命以来为吏，固其势不得不与鳄鱼辨，鳄鱼有知，其听刺史言！潮之州，大海在其南，鲸[15]鹏之大，虾蟹之细，无不容归，以生以食，鳄鱼朝发而夕至也，今与鳄鱼约，尽三日，其率丑类[16]南徙于海，以避天子之命吏；三日不能，至五日；五日不能，至七日；七日不能，是终不肯徙也，是不有刺史听从其言也；不然，则是鳄鱼冥顽不灵，刺史虽有言，不闻不知也。夫傲天子之命吏，不听其言，不徙以避之，与冥顽不灵而为民物害者，皆可杀，刺史则选材技吏民，操强弓毒矢，以与鳄鱼从事，必尽杀，乃止，其无悔！

---

①鳄鱼文：愈贬潮州刺史，初至，问民疾苦，皆曰：“恶溪有鳄鱼，食民产且尽。”数日，愈为此文祭之。鳄鱼：爬虫中之最猛恶者，常潜伏水边，攫取动物。 ②维年月日：一作“维元和十四年四月二十四日”。 ③军事衙推：军府属官。 ④恶溪：在潮城西。 ⑤列：遮也。 ⑥罔：同“网”。擉（chuò）：刺。 ⑦涵淹：潜伏。卵育：生息。 ⑧今天子：宪宗。 ⑨六合：天地四方谓之六合。 ⑩扬州：潮州在古为扬州之域。 ⑪睅（hàn）然：目出貌。 ⑫据处：一以溪潭断句；一说此处恐有脱误，当云“睅然不去，据溪潭，食民畜云云”；一说据处，据其地而处之。 ⑬心：或作“身”，或作“中”；“中”即“身”。 ⑭伈伈（xǐn）：恐惧貌。睍睍（xiàn）：小目貌。 ⑮䲡：海兽名，外形如鱼，种类甚多，大者长六七丈。 ⑯丑类：恶类。

表 状

论佛骨表[1]

臣某言：伏以佛者，夷狄之一法耳[2]，自后汉时始流入中国[3]，上古未尝有也。昔者黄帝[4]在位百年，年百一十岁；少昊[5]在位八十年，年百岁；颛顼[6]在位七十九年，年九十八岁；帝喾[7]在位七十年，年百五岁；帝尧[8]在位九十八年，年百一十八岁；帝舜及禹[9]，年皆百岁；此时天下太平，百姓安乐寿考，然而中国未有佛也。其后殷汤[10]亦年百岁；汤孙太戊[11]在位七十五年，武丁[12]在位五十九年，书史不言其年寿所极，推其年数，盖亦俱不减百岁；周文王[13]年九十七岁；武王[14]年九十三岁；穆王在位百年[15]；此时佛法亦未入中国，非因事佛而致然也。汉明帝时，始有佛法[16]，明帝在位，才十八年耳，其后乱亡相继，运祚不长；宋、齐、梁、陈、元、魏已下，事佛渐谨，年代尤促，惟梁武帝在位四十八年，前后三度舍身施佛[17]，宗庙之祭，不用牲牢[18]，昼日一食，止于菜果，其后竟为侯景所逼，饿死台城[19]，国亦寻灭；事佛求福，乃更得祸，由此观之，佛不足事，亦可知矣。

高祖始受隋禅，则议除之[20]，当时群臣，材识不远，不能深知先王之道，古今之宜，推阐圣明，以救斯弊，其事遂止[21]，臣常恨焉！伏惟睿圣文武皇帝陛下，神圣英武，数千百年已来，未有伦比，即位之初，即不许度人为僧尼道士，又不许创立寺观，臣常以为高祖之志，必行于陛下之手；今纵未能即行，岂可恣之转令盛也！今闻陛下令群僧迎佛骨于凤翔[22]，御楼以观，舁[23]入大内；又令诸寺递迎供养；臣虽至愚，必知陛下不惑于佛，作此崇奉，以祈福祥也，直以年丰人乐，徇人之心[24]，为京都士庶，设诡异之观，戏玩之具耳，安有圣明若此，而肯信此等事哉！然百姓愚冥，易惑难晓，苟见陛下如此，将谓真心事佛，皆云：天子大圣，犹一心敬信，百姓何人，岂合更惜身命？焚顶烧指[25]，百十为群，解衣散钱，自朝至暮，转相仿效，惟恐后时，老少奔波，弃其业次；若不即加禁遏，更历诸寺，必有断臂脔身以为供养者，伤风败俗，传笑四方，非细事也！

夫佛本夷狄之人，与中国言语不通，衣服殊制，口不言先王之法言[26]，身不服先王之法服[27]，不知君臣之义，父子之情；假如其身至今尚在，奉其国命，来朝京师，陛下容而接之，不过宣政一见[28]，礼宾一设[29]，赐衣一袭，卫而出之于境，不令惑众也，况其身死已久，枯朽之骨，凶秽之余，岂宜令入宫禁！孔子曰：“敬鬼神而远之[30]。”古之诸侯，行吊于其国，尚令巫祝先以桃茢袚除不祥[31]，然后进吊，今无故取朽秽之物，亲临观之，巫祝不先，桃茢不用，群臣不言其非，御史不举其失，臣实耻之！乞以此骨付之有司，投诸水火，永绝根本，断天下之疑，绝后代之惑，使天下之人，知大圣人之所作为，出于寻常万万也，岂不盛哉！岂不快哉！佛如有灵，能作祸祟㉜，凡有殃咎，宜加臣身，上天鉴临，臣不怨悔，无任感激恳悃之至！谨奉表以闻，臣某诚惶诚恐！

---

①论佛骨表：先是凤翔法门寺有护国真身塔，塔内有佛指骨一节，其法三十年一开，开则岁稔入泰，至是宪宗遣使迎入大内，留宫中三日，瞻奉舍施，惟恐不及，愈上表极谏，贬潮州刺史，时元和十四年。　②伏以佛者，夷狄之一法耳：佛号释迦牟尼，中印度迦比罗城主之子，生于周灵王十五年，与孔老同时，见世人生老病死，入山求解脱之法，新创一宗教，与婆罗门反对，而倡平等之旨。　③“自后汉时”句：后汉明帝遣蔡愔、秦景、王遵等十三人至天竺国（印度）迎取佛书，与沙门摄摩腾、竺法兰以白马负经至洛，佛教始入中国。　④黄帝：姓公孙，生于轩辕之丘，故曰轩辕氏，国于有熊，亦曰有熊氏。　⑤少昊：黄帝子，名挚，姓己，以金德王，亦曰金天氏。　⑥颛顼：黄帝孙，年二十即帝位，初国于高阳，故号高阳氏。　⑦帝喾：少昊孙，姬姓，名夋，代高阳氏为帝，初封于辛，故曰高辛氏。　⑧帝尧：姬姓，高辛氏次子，曰放勋，初封于陶，后封于唐，故号陶唐氏。　⑨帝舜：姚姓，曰重华，受尧禅即帝位，其先世国于虞，故号有虞氏。禹：姒姓，颛顼孙，治水有功，受舜禅即帝位，国号夏。　⑩殷汤：子姓，名履，灭夏桀为天子，国号商。　⑪太戊：汤孙，大修成汤之政，蜂拥而至者七十六国。　⑫武丁：盘庚弟，小乙之子，以傅说为相，成中兴之业。　⑬周文王：姬姓，名昌，后稷十五

世孙，三分天下有其二，以服事殷，后世称为至德。　⑭武王：文王子，名发，灭商有天下，国号周。　⑮穆王：名满，即位时年已五十余，在位五十五年而崩，此言在位百年，失考。　⑯明帝：后汉光武子，名庄。信佛。　⑰梁武帝：姓萧，名衍，篡齐称帝，嗜佛，大通元年三月辛未，中大通元年九月癸巳，太清元年二月庚子，三幸同泰寺舍身。　⑱宗庙之祭，不用牲牢：武帝诏宗庙祭祀，以面为牺牲。　⑲侯景：字万景，有力，善骑射，本北魏臣，降于梁，武帝封为河南王。太清三年反，攻陷台城，武帝为所制，饮膳多为所裁节，口苦求蜜，再呼荷荷——怨恨声——而殂。台城：在今南京鸡鸣山南，本吴后苑宫，晋修之，亦称宫城，宋齐梁陈皆因以为宫。　⑳唐高祖：姓李，名渊，仕隋袭爵为唐公，以太原留守起兵，进封唐王，受隋禅，即帝位。武德九年四月，诏沙汰天下僧尼道士女冠。　㉑其事遂止：谓沙汰之事遂止不行也，时傅奕上疏请除佛法，萧瑀阻之。　㉒凤翔：县名，今陕西凤翔县。　㉓舁（yú）：共举，今解作扛抬。　㉔徇人之心：谓徇众人之心也，不能直斥宪宗，故云。　㉕焚顶烧指：时有焚香于头顶及烧手指以为供养者。　㉖法言：谓礼法之言。　㉗法服：谓法制所定之服。　㉘宣政：殿名。　㉙礼宾一设：元和九年八月，置礼宾院，以待四夷之使。设：谓设宴。　㉚“孔子曰”句：语见《论语·雍也》。　㉛“尚令巫祝”句：《礼记·檀弓》：“君临臣丧，以巫祝桃茢执戈，恶之也，所以异于生也。”桃：鬼所恶。茢：苇华，可扫除不祥。　㉜祟（suì）：鬼神祸人以求食；一作“福”。

复雠状[1]

右伏奉今月五日敕："复雠，据《礼经》，则义不同天[2]，征法令，则杀人者死，礼法二事，皆王教之端，有此异同，必资论辩，宜令都省[3]集议闻奏者。"朝议郎行尚书职方员外郎上骑都尉韩愈议曰：伏以子复父雠，见于《春秋》[4]，见于《礼记》[5]，又见《周官》[6]，又见诸子史，不可胜数，未有非而罪之者也。最宜详于律，而律无其条，非阙文也，盖以为不许复雠，则伤孝子之心，而乖先王之训，许复雠，则人将倚法专杀，无以禁止其端矣。夫律虽本于圣人，然执而行之者，有司也，经之所明者，制有司者也，丁宁其义于经，而深没其文于律者，其意将使法吏一断于法，而经术之士，得引经而议也。

《周官》曰："凡杀人而义者，令勿雠，雠之则死[7]。"义，宜也。明杀人而不得其宜者，子得复雠也，此百姓之相雠者也。《公羊传》曰："父不受诛，子复雠可也[8]。"不受诛者，罪不当诛也。诛者，上施于下之辞，非百姓之相杀者也。又《周官》曰："凡报仇雠者，书于士，杀之无罪[9]。"言将复雠，必先言于官，则无罪也。今陛下垂意典章，思立定制，惜有司之守，怜孝子之心，示不自专，访议群下，臣愚以为复雠之名虽同，而其事各异：或百姓相雠，如《周官》所称，可议于今者；或为官吏所诛，如《公羊》所称，不可行于今者；又《周官》所称，将复雠，先告于士，则无罪者，若孤稚羸弱，抱微志而伺敌人之便，恐不能自言于官，未可以为断于今也：然则杀之与赦，不可一例，宜定其制曰："凡有复父雠者，事发，具其事申尚书省⑩，尚书省集议奏闻。"酌其宜而处之，则经律无失其指矣。谨议！

---

①复雠状：元和六年九月，富平人梁悦为父报仇，杀秦杲，自投县请罪，敕从减死，决杖一百，配流循州，愈献此议。按自太宗时至是复雠者凡七人，原之者三，不原者四，梁悦其一也。大抵杀人者死，国有常典，而贷死者出于一时之特敕，愈此议意是许人复雠，然不敢讼言，故欲令凡事发具其事，下尚书省集议，酌宜而行也。　②不同天：《礼记·曲礼》："父之雠，不与共戴天。"　③都省：尚书都省。　④伏以子复父雠：见下文。　⑤见于《礼记》：《礼记·檀弓》："子夏问于孔子曰：居父母之仇如之何？子曰：'寝苫枕干不仕，弗与共天下也，遇诸市朝，不反兵而斗。'"　⑥见下文。　⑦"《周官》曰"句：语见《周礼·调人》，注云："义，宜也，谓父母兄弟尝辱焉而杀之者，为得其宜，虽所杀者人之父兄，不得雠也。"　⑧"父不受诛"两句：语见《公羊传》定公四年，即前所云见于《春秋》者。　⑨"凡报仇雠者"三句：语见《周礼·朝士》，注云："谓同国不相辟者，将报之，必先言之于士。"　⑩尚书省：官署名，唐时三省之一，省长曰尚书令，左右仆射次之，下统六部，分理国政。

与汝州卢郎中论荐侯喜状[1]

进士侯喜

右其人为文甚古[2]，立志甚坚，行止取舍，有士君子之操，家贫亲老，无援于朝，在举场十余年，竟无知遇，愈常慕其才而恨其屈；与之还往，岁月已多，尝欲荐之于主司[3]，言之于上位，名卑官贱，其路无由，观其所为文，未尝不掩卷长叹！

去年，愈从调选[4]，本欲携持同行，适遇其人自有家事，迍邅坎轲[5]，又废一年。及春末自京还，怪其久绝消息。五月初至此[6]，自言为阁下所知，辞气激扬，面有矜色[7]，曰："侯喜死不恨矣！喜辞亲入关，羁旅道路，见王公数百，未尝有如卢公之知我也！比者分将委弃泥涂，老死草野，今胸中之气勃勃然，复有仕进之路矣！"愈感其言，贺之以酒，谓之曰："卢公，天下之贤刺史也，未闻有所推引，盖难其人而重其事；今子郁为选首[8]，其言'死不恨'，固宜也。古所谓知己者，正如此耳，身在贫贱，为天下所不知，独见遇于大贤，乃可贵耳，若自有名声，又托形势，此乃市道之事，又何足贵乎！子之遇知于卢公，真所谓知己者也！士之修身立节，而竟不遇知己，前古已来，不可胜数，或日接膝而不相知，或异世而相慕，以其遭逢之难，故曰：'士为知己者死[9]。'不其然乎！

不其然乎！”

阁下既已知侯生，而愈复以侯生言于阁下者，非为侯生谋也，感知己之难遇，大阁下之德，而怜侯生之心，故因其行而献于左右焉。谨状！

---

①庐郎中：名虔，时为汝州刺史。侯喜：见前《祭侯主簿文》。②右其人为文甚古：喜之文章学西汉，故云甚古。③主司：一作“有司”。④愈从调选：谓贞元十六年去徐来洛，官京师。⑤迍邅：难行不进貌。⑥至此：愈初与喜相会于洛。⑦矜色：意得貌。⑧郁为选首：盖州家牒送举进士之首也。汝州刺史领防御使，不隶大府，故亦得举士。⑨士为知己者死：语见司马迁《答任安书》。